우리는 은행을 털었다

우리는 은행을 털었다

임정연 소설집

▼

산지니

▼
차례

헬로, 시카고

퇴근하고 집에 와서 TV를 보고 있는데 아들이 옆으로 다가왔다.

"학원 갔다 왔어?"

"응, 끝났어. 아빠."

"응?"

"이거."

아이의 손에 로봇 강아지가 들려 있었다.

"이것 뭐야?"

"오다가 길에서 주웠어."

아이가 눈을 동그랗게 뜨고 빤히 쳐다보았다.

"아빠, 이것 될까?"

"글쎄."

고개를 갸우뚱하며 로봇 강아지를 들고 이리저리 살펴보았다. 플라스틱으로 만든 로봇 강아지였다. 보통 강아지만 한 크기에 동그란 두 눈이 달려 있다. 배 옆에는 긁힌 것처럼 스크래치가 나 있다. 로봇 강아지는 작동을 멈춘 채 눈을 아래로 뜨고 있다. 배 밑을 보자 모델명이 붙어 있었다. 핸드폰으로 검색하자 사용설명서가 나왔다. 사용설명서대로 목 뒤에 있는 전원 버튼을 눌렀다. 그러자 로봇 강아지의 눈에 불이 들어오고 끼익 하고 움직이더니 턱 하고 멈춰 섰다.

"아빠, 이거 왜 이래?"

아이의 채근하는 소리에 다시 한번 전원 버튼을 눌렀다. 다시 눈에 불이 들어오고 끼익 움직이더니 또다시 섰다.

"아빠, 이거 고장 난 거야?"

"글쎄, 방전된 것 같은데."

"그럼 충전하면 쓸 수 있는 거야?"

아이가 똘망똘망한 눈으로 물었다.

"어디 보자. 잠깐만."

사용설명서를 읽고 말했다.

"응. 원래 전용충전기가 있어야 하는데, 핸드폰 충전기로도 되는 거 같은데."

그 소리에 아이가 벌떡 일어나더니 제 핸드폰의 충

전기를 들고 왔다.

"아빠, 이거."

로봇 강아지의 배 밑을 누르자 거기에 충전단자가 보였다. 그곳에 핸드폰의 충전기를 꽂자 그 옆에 빨간 불이 들어왔다. 로봇 강아지는 아무 동작도 없이 멈춰 있었다.

"아빠, 이거 되는 거야?"

"응. 지금 충전되는 거 같은데."

"응, 근데 왜 아무것도 안 해?"

"충전이 돼야 움직이지."

"얼마나 걸려?"

아이가 궁금한지 물었다.

"글쎄. 전용충전기로는 세 시간 걸린다는데."

"그럼 세 시간 동안 그냥 있어야 돼?"

"글쎄. 이거 더 오래 걸리지 않을까?"

그 말에 애가 부루퉁해졌다.

"그럼 언제까지 기다려야 돼?"

"글쎄. 그건 안 나와 있는데."

"으응. 어떡하지? 어떡해."

아이가 지루한 듯 몸을 흔들었다.

"일단 놔두고 보자. 기다려봐."

아이와 그러고 있는데 아내가 우리 옆으로 왔다.

"뭐야?"

우리 앞에 있는 로봇 강아지를 바라보았다.

"응, 현수가 로봇 강아지 주워 왔네."

"그래? 되는 거야?"

아내가 신기한 듯 물었다.

"몰라. 일단 충전해 봐야지."

"되면 좋겠네. 귀엽게 생겼어."

아내가 옆에 앉아서 말했다.

"그러게. 현수가 되게 좋아하네."

"안 되면 그거 하나 사줄까? 얼마나 해?"

"저거 300만 원이야."

"에? 그렇게 비싸?"

아내의 눈이 동그랗게 커졌다.

"응. 저거 비싼 거야."

"되면 좋겠네."

아내는 아이와 함께 충전이 되는 모습을 빤히 쳐다
보고 있다. 아내는 금세 자리를 떴지만 아이는 계속
지켜보고 있었다. 나는 TV로 시선을 돌렸다. 그때 갑자기 애가 팔을 휘저으며 소리를 질러댔다.

"아, 아빠 된다, 된다."

쳐다보자 로봇 강아지가 고개를 돌리고 있다. 꼬리도 움직였다.

"어, 되네?"

"응, 여기 불 들어왔어, 불."

아이가 로봇 강아지의 눈을 가리켰다. 정말 로봇 강아지의 눈이 초록색으로 빛나고 있다.

"어, 되는 거 같은데."

"아빠, 이거 되는 거지?"

아이가 신이 난 목소리로 소리쳤다.

"응. 이거 말고 또 뭐 할 수 있지?"

아이가 호기심이 가득한 얼굴로 로봇 강아지의 머리를 쓰다듬었다. 그러자 로봇 강아지의 귀가 까닥까닥하며 움직였다.

"아, 움직였다."

아이가 폴짝폴짝 뛰며 좋아했다. 주방에서 설거지를 하던 아내가 이쪽을 보며 소리쳤다.

"돼?"

"어, 되는 거 같아."

"잘 되는 거야?"

아내가 궁금한 듯 또다시 물었다.

"응, 움직이네. 충전시키면 될 거 같아."

"잘됐다."

아내가 그릇을 포개며 활짝 웃었다. 아내의 마음을 모르는 게 아니었다. 석 달 전 집에서 키우던 월리가 죽었다. 흰색 말티즈, 수컷. 아이가 유치원 때부터 키웠으니 식구가 된 지 꽤 된 녀석이었다. 어느 날 월리가 열려 있는 아파트 현관문을 빠져나갔다. 그리곤 그만 달려오던 차에 치어 죽었다. 월리를 찾아 사방팔방으로 뛰어다닌 그 밤, 근처 파출소에서 연락이 왔다. 전화기로 순경의 말을 들으며 개를 찾는 전단지를 그리고 있는 아이의 등을 멍하니 보았다. 어떻게 말을 해야 하나, 하는 생각에 숨이 턱 막혔다. 그런데 다시 생기로 반짝이는 아이의 눈을 본 게 얼마 만인가. 아내가 손을 닦으며 우리 옆으로 왔다.

"현수가 말도 없고 그랬는데…."

아내는 로봇 강아지의 앞에서 좋아하고 있는 아이를 짠한 눈으로 쳐다보았다.

"부쩍 우울해하기도 하고…."

"그럼 몇 년을 키웠는데 그럴 만도 하지. 당신도 그랬잖아."

"하긴. 나도 그땐 좀 그렇더라."

아내가 그때 생각이 났는지 끄덕끄덕했다.

"이젠 개가 아니라 식구라니까."

로봇 강아지 옆에 붙어 있는 아이를 보며 아내가 중얼거렸다.

"저 로봇은 뭐 돈 들어가는 거 아냐?"

"글쎄. 매뉴얼은 충전만 해주면 된다고 하는데."

"그래?"

"응. 근데 충전 시간이 기네."

내가 로봇 강아지 쪽을 보았다.

"그러네. 다른 방법은 없어?"

아내가 물었다.

"아니, 뭐 자동충전도 된다는데 그걸 하려면 충전기가 따로 있어야 돼."

"봐서 잘되면 그거 하나 사줄까?"

"봐서. 잘되고 현수가 좋아하면, 뭐, 하나 사주지."

로봇 강아지 앞에 찰싹 붙어 있는 아이를 보며 내가 머리를 끄덕였다. 아이는 충전을 하는 내내 그 앞

을 떠나지 않았다. 저렇게 좋을까. 아이가 소파로 와
서 물었다.

"아빠, 나 재랑 같이 자면 안 될까?"

"그래, 그럼. 방에 들어가서 충전 꽂아놓고 자."

"와아, 신난다."

아이가 로봇 강아지를 번쩍 안아 들고 제 방으로 들
어갔다.

다음 날 식탁에서 커피를 마시고 있는데 아이가 제
방에서 뛰어나왔다.

"아빠, 아빠."

"어."

"얘, 충전 다 됐어."

아이의 뒤로 로봇 강아지가 졸졸졸 따라 나왔다. 로
봇 강아지가 내 쪽으로 고개를 돌리더니 아이를 보며
깡 하고 짖었다. 그러면서 꼬리를 살랑살랑 흔들었다.

"어, 충전 다 된 모양이네."

"응, 다 됐어."

아이가 신이 나서 소리쳤다. 뒤를 보며 흥분한 목소
리로 외쳤다.

"애, 막 따라다닌다. 아빠, 봐."

애가 쪼르르 가자 뒤에서 로봇 강아지가 졸졸졸 따라갔다.

"야, 이리 와."

아이가 손짓하자 로봇 강아지가 폴짝폴짝 뛰어갔다. 그걸 보고 아이가 까르르 웃었다. 아내도 옆에서 함께 웃고 있었다. 출근을 하면서 아이를 돌아보았다.

"학교 가기 전에 충전해 놓고 가."

"응."

아이가 손을 흔들었다. 현관문 틈새로 아이의 웃음소리가 빠져나왔다. 엘리베이터 앞에 서 있는데 나도 모르게 입꼬리가 올라갔다.

퇴근하고서 집에 들어오는데 아이와 로봇 강아지가 같이 마중을 나왔다.

"다녀오셨어요?"

아이가 인사하는데 옆에서 로봇 강아지가 깡깡 하고 짖었다. 엄청 귀여웠다.

"응."

내가 대답하자 아이가 저쪽으로 쪼르르 갔다. 그러

자 로봇 강아지가 폴짝폴짝 뛰어 아이를 쫓아갔다. 그 모습이 귀여워 절로 웃음이 나왔다.

"어, 나 왔어."

"응, 왔어? 요새 저런 거 잘 나오네?"

아내가 가방을 받아주며 웃었다.

"진짜 개같이 따라다니잖아. 짖기도 하고."

"요새는 인공지능 쓰니까."

"신기하다, 그래도."

아내가 로봇 강아지를 돌아보며 말했다.

"아까 일하다 보니까 뒤에 와서 가만히 앉아 있더라니까."

"그래?"

"응, 진짜 살아 있는 개 같아."

아내가 연신 감탄사를 늘어놓았다.

"나 옷 갈아입고 나올게."

방으로 들어가서 편한 옷으로 갈아입었다. 씻고 나서 소파에 앉아 쉬고 있는데 찌익찌익 하는 소리가 들렸다. 로봇 강아지는 움직임이 둔해지더니 턱턱 소리를 내며 섰다. 아들이 놀란 얼굴로 뒤돌아봤다.

"아빠, 얘 왜 이래?"

"어, 방전된 모양인데."

"벌써?"

"응, 방전된 것 같은데. 충전시켜 놔."

"힝. 더 놀고 싶은데."

아이의 입이 툭 튀어나왔다. 그걸 보고 아내가 말했다.

"어, 저거 오래 못 가네."

"보니까 두 시간 움직인대."

"그래?"

"앉아 있는 것보다 뛰어다니고 그럼 더 빨리 방전되겠지."

"아, 애가 좋아하는데 너무 짧네."

아내가 로봇 강아지를 들고 방으로 들어가는 아이를 보며 말했다.

"자동충전기 쓰면 지가 올라가서 충전하고 그동안도 같이 놀 수 있다고 하던데."

그 말에 아내가 관심을 보였다.

"그럼 하나 사줄까?"

"그럴까?"

아이가 부루퉁한 얼굴로 제 방에서 나왔다.

"야, 현수야."

"응."

풀이 죽은 얼굴로 쳐다보았다.

"너 강아지랑 놀고 싶지?"

"응."

"아빠가 자동충전기 사줄까?"

"그게 뭔데?"

아이가 소파로 쪼르르 왔다.

"아, 그거 있으면 쟤가 가서 충전한대."

"그래서?"

"근데 충전하는 동안도 옆에서 놀 수 있대."

"정말?"

아이의 눈이 반짝반짝 빛났다.

"아빠가 사줄까?"

"어, 사줘."

얼굴이 활짝 펴지며 고개를 끄덕끄덕했다.

"그래, 그럼. 아빠가 사줄 테니까 이번에 공부 열심
히 해야 된다."

"응. 나 공부 열심히 할게."

"그래, 그럼 아빠가 사줄게."

"야, 신난다."

아이가 팔짝팔짝 뛰며 환하게 웃었다.

며칠 뒤에 퇴근하고 들어오는데 현관 옆에 못 보던 박스가 놓여 있었다. 구두를 벗는데 아내가 가방을 받아들며 말했다.

"택배 왔어."

"그래?"

박스를 들고 거실에 내려놓았다. 아이가 환하게 웃으며 쪼르르 왔다.

"아빠, 이거 충전기지?"

"어."

"아빠, 빨리 해줘."

"아빠 옷만 갈아입고."

웃으면서 손을 내저었다. 옷을 갈아입고 나와 거실 한쪽에 설치를 해주었다. 조금 있자 로봇 강아지가 걸어가 충전기에 걸터앉았다. 그리곤 꼬리를 살랑살랑 흔들었다.

"아빠, 지금 충전되는 거야?"

"응, 지금 충전되는 거야."

"근데 움직이네."

아이가 충전기 앞에 바싹 붙어 서서 말했다.

"얘 앞으로 충전할 때 지가 알아서 앉아 있을 거야."

"와아, 좋다."

아이는 로봇 강아지의 앞에 앉아 쓰다듬고 같이 앉아서 놀았다. 아내가 옆으로 오더니 물었다.

"이제 지가 알아서 충전하는 거야?"

"응."

"로봇 청소기랑 똑같구나."

아내가 고개를 주억거렸다.

"아, 그럼 300만 원짜린데."

그 말에 아내가 방긋 웃었다.

"아, 좋네. 비싼 게 좋긴 좋아."

"그럼 비싼 게 좋지."

"처음에는 좀 그랬는데 보다 보니까 귀엽네."

아내가 충전하고 있는 로봇 강아지를 보며 말했다.

"그래?"

"응. 게다가 사료 챙길 필요도 없고. 똥오줌 치울 일도 없고 털도 안 날리고. 이제는 충전도 지가 알아서 하고."

아내가 흐뭇한 표정을 지으며 로봇 강아지를 쳐다보았다.

"진짜 강아지보다 편하네."

아내는 아주 만족한 얼굴이었다.

"그것 때문에 사람들 많이 산대."

"하긴. 저 정도면 300만 원 주고 사겠다. 밤에 짖지도 않을 거 아냐?"

아내가 물었다.

"그치."

"그런 거 생각하면 엄청 편한데."

아내가 다시 방긋 웃으며 머리를 끄덕였다.

"참 누가 만들었는지 잘 만들었네."

아내가 또다시 끄덕끄덕했다. 아이가 로봇 강아지 앞에 앉아서 큰 소리로 웃음을 터트렸다. 로봇 강아지 때문에 달라진 화기애애한 분위기가 마음에 들었다. 출근할 때면 아이와 로봇 강아지가 같이 와서 잘 다녀오라고 인사를 했다. 퇴근해 들어오면 둘이 쫓아오는 게 예전 진짜 강아지와 살 때와 똑같았다. 로봇 강아지 덕분에 집에 웃음소리가 끊이지 않았다. 어떤 날은 퇴근하고 집에 들어왔는데 애가 딴 거 하느라 바쁘면 로봇 강아지가 혼자 현관 앞으로 쫓아와서 깡 하고 짖었다.

"어, 네가 마중 나왔냐?"

그 모습이 귀여워 웃음을 터트리면 로봇 강아지는 고개를 갸웃갸웃하며 지 볼일을 보러 갔다.

어느 날 퇴근하고 들어오다가 우연히 거실에서 애와 로봇 강아지가 놀고 있는 것을 보았다.

"야, 너 충전 다 됐어?"

그 소리에 로봇 강아지가 찌익찌익 하며 아이를 돌아보았다.

"아직 멀었어?"

또다시 묻자 로봇 강아지가 고개를 끄덕끄덕했다.

"언제 돼?"

로봇 강아지는 그냥 충전기에 걸터앉아 있었다. 아이가 투정을 부리듯 팔을 좌우로 흔들었다.

"히잉, 같이 놀고 싶은데."

그 소리에 로봇 강아지의 귀가 축 늘어지고 꼬리도 축 처졌다.

"빨리 충전됐으면 좋겠다."

아이의 말에 로봇 강아지가 고개를 끄덕끄덕했다. 둘이 그러고 있는 걸 보니까 마치 서로의 말을 알아듣고 얘기하는 것처럼 보였다. 아내도 같은 생각을 했는지 내 가방을 받아주며 말했다.

"쟤들 말 알아듣나 봐."

"로봇 강아지가 인공지능으로 학습능력 있다니까 그걸 가지고 학습하나 봐."

"그래?"

"저 스피커도 얘기하면 다 알아듣잖아."

내가 턱으로 TV 앞의 스피커를 가리키자 아내가 그러네 하는 표정을 지었다.

"하긴, 뭐."

"그런 거 들어가 있나 보지."

"그런가."

며칠 뒤였다. 저녁에 TV를 보려고 소파에 앉아 있는데 리모컨이 안 보였다. 리모컨을 찾아 둘레둘레 하고 있는데 보이지가 않았다. 주방에 있는 아내를 향해 물었다.

"여기 TV 리모컨 못 봤어?"

"소파 왼쪽 쿠션 밑에 끼어 있습니다."

옆에서 누가 대답을 했다.

"어? 뭐야?"

놀라 돌아보자 로봇 강아지가 귀를 쫑긋쫑긋하며 쳐다보고 있다.

"야, 너 말도 해?"

"예. 음성 기능이 지원됩니다."

로봇 강아지가 꼬리를 살랑살랑 흔들며 말했다.

"그래? 음성 기능 못 봤는데."

옆에 있는 핸드폰으로 찾아보며 고개를 갸웃했다.

"저는 파일럿 버전입니다."

"파일럿 버전?"

고개를 돌리자 로봇 강아지가 빤히 쳐다보고 있다.

"예, 저는 음성인식 파일럿 버전입니다."

"근데 너 지금까지 얘기 안 했잖아."

"처음 왔을 때는 음성인식 기능에 오류가 생겨 되지 않았습니다."

"그럼 지금은?"

"얼마 전 패치를 해서 기능이 회복돼 음성인식 기능이 지원됩니다."

로봇 강아지가 고개를 까닥까닥하며 말했다.

"아아, 그래."

눈을 둥그렇게 뜨다가 어떤 생각이 머리를 스쳤다.

"근데 너 왜 길에 떨어져 있었어?"

"그건 저도 데이터가 없어 모르겠습니다."

로봇 강아지가 귀를 쫑긋거리며 대답했다. 아내가 쟁반에 과일을 얹어서 가지고 왔다. 소파 앞의 테이블에 쟁반을 내려놓는 아내에게 말했다.

"쟤 말하는데?"

"응, 시카고 말할 줄 알아."

"알고 있었어?"

"어 현수가 방에서 누구랑 얘기하고 있어서 열어 봤더니 둘이 그러고 있던데."

"그랬어?"

"응. 나도 저것하고 비슷한 줄 알았지. 스피커도 얘기하잖아."

아내가 TV 옆의 스피커를 가리켰다. 하긴 스피커에 지원되는 음성 기능이 로봇 강아지한테도 지원되는 거겠지. 별로 심각하게 생각하지 않았다.

"근데 왜 시카고라고 부르는 거야?"

내 말에 아내가 사과를 한입 베어 물며 말했다.

"지 이름이 시카고래."

"그래?"

"응. 현수가 월리 하고 부르니까 지 이름이 시카고라고 하던데."

"웃기네."

내가 피식하자 아내도 웃으며 리모컨으로 TV 채널을 돌렸다. 그날 이후부터 우리 가족과 로봇 강아지는 얘기를 하며 지냈다.

어느 날이었다. 현수가 거실에서 엎드려 숙제를 하고 있었다. 시카고는 고개를 까닥이며 옆에 앉아 있었다. 현수가 숙제를 하다가 모르는 게 있는지 시카고에게 물었다.

"시카고. 스웨덴의 수도가 어디야?"

"스웨덴의 수도는 스톡홀름입니다. 1252년 도시로 처음 기록에 나타났습니다. ○○교과서 ××째 줄에 나와 있는 내용입니다."

시카고가 옆에서 같이 문제를 풀었다. 둘은 얘기를 나누며 숙제를 했다. 시카고가 없을 때는 툭 하면 나나 아내에게 달려왔는데 이제 시카고가 그런 문제를 알아서 척척 해주고 있었다. 시카고가 있어 편한 것은 아이뿐만이 아니었다. 출근하기 전에 나도 시카고를 부르는 일이 잦아졌다.

"시카고, 오늘 날씨?"

"오후에 서울에 비가 올 확률이 70%가 넘습니다. 우산을 준비하십시오."

"응, 그래. 회사까지 시간?"

"지금 ××고개에서 교통사고가 나서 우회도로를 이용하면 40분 소요됩니다."

이것뿐만이 아니었다. 툭 하면 뭘 잊어버리는 통에 그때마다 시카고의 도움을 받았다.

"시카고, 차 키 못 봤어?"

"TV 앞에 올려두셨는데요."

"시카고, 리모컨."

"싱크대 위에 있습니다."

"시카고, 내 핸드폰."

말이 떨어지자마자 어디선가 벨 소리가 띠리리링 하고 울렸다. 시카고가 핸드폰에 전화를 걸어 벨 소리를 울려준 것이다.

"어, 드라마 볼 시간 됐네. 시카고, 드라마 틀어줘."

아내가 소파로 가며 말하자 시카고가 바로 TV를 틀었다.

이제 시카고는 우리 집의 인공지능 비서나 다름없었다. 아이도, 아내도, 나도 시카고가 없으면 못 살 지경이었다. 시카고가 없을 때 어떻게 살았나 생각해 보면 웃음이 나왔다. 그만큼 시카고가 있어 편했다.

어느 날 퇴근하고 돌아오는데 아파트의 현관 앞에서 어떤 남자가 말을 걸었다.

"102동 508호에 사시는 유민호 씨 되십니까?"

"어, 예. 그런데요?"

"××경찰서 소속 경찰인데요, 잠깐만 얘기 좀 할 수 있을까요?"

남자가 주머니에서 경찰수첩을 꺼냈다.

"무슨 일로 그러시죠?"

"예, 몇 가지 여쭤볼 게 있어서요. 저쪽 차로 잠깐만 가실까요?"

남자가 현관 앞에 있는 검정색 차를 가리켰다. 무슨 일인지 당황해서 하자는 대로 경찰을 따라갔다. 차에는 안경을 쓴 다른 남자가 있었다. 그 남자가 입을 열었다.

"국방과학연구소에서 나왔습니다."

"국방과학연구소요?"

어리둥절해서 쳐다보는데 남자가 말했다.

"혹시 집에 로봇 강아지 있지 않으세요?"

"어, 예. 있는데요."

"강아지가 뭐 이상한 거 없었나요?"

"글쎄요…."

고개를 갸웃하며 남자를 보았다.

"저희가 개발한 인공지능 프로그램이 해킹으로 유출돼서 그 강아지 속에 들어 있는 것 같아요. 프로그램이 국가안보와 관련이 있어 저희가 회수를 해야 하는데 협조 좀 부탁드립니다."

"…아니 그럼 제가 어떻게?"

"일단 위험할 수 있으니까 가족분들을 불러내 주시기 바랍니다."

"위험해요?"

"이전에도 이런 일이 있었는데 배터리를 이용해서 자폭한 적이 있었어요. 혹시 가족분들이 위험할 수 있

으니까 밖으로 나오게 해주시고요. 그럼 저희가 들어
가서 처리하겠습니다."

마음을 가라앉히며 핸드폰을 들었다. 아내에게 전
화를 해서 외식하자며 밖으로 불러냈다. 잠시 후 아내
와 아이가 엘리베이터를 타고 내려오자 앞에 기다리
고 있던 경찰이 식구들을 차로 데려왔다. 아내가 차에
있는 나를 보더니 눈이 휘둥그레졌다.

"밥 먹으러 가는 거 아냐?"

아내가 차 안을 둘러보며 이상한 듯 물었다. 아이도
낯선 사람들의 모습이 불안한지 제 엄마의 손을 꼭 잡
고 있었다.

"아빠, 이 아저씨들 누구야? 무서워."

안경을 쓴 남자가 식구들을 둘러보았다.

"국방과학연구소에서 나왔습니다. 국가안보를 위해
협조 좀 부탁드리겠습니다."

"예? 무슨 일로요?"

아내가 놀라 물었다.

"예, 저희 쪽 프로그램이 해킹이 돼서 로봇 강아지
안에 들어가 있는 것 같아요. 저희가 그걸 회수를 해
야 할 것 같은데요. 협조 좀 부탁드립니다."

"…아니 아, 아무리 그래도 그게 무슨."

아내가 당황한 듯 더듬자 남자가 말했다.

"예, 좀 이해하기가 힘드시겠지만 지금 상황이 그러니 협조 좀 부탁드리겠습니다."

"아빠, 시카고 데려가?"

아이가 눈을 둥그렇게 뜨고 외쳤다. 남자가 아이에게로 고개를 돌렸다.

"글쎄, 그러셔야 된다고 하는데."

나도 어안이 벙벙한 채로 대답했다.

"아, 우리 시카고 어떡해. 난 싫은데."

아이가 입을 꾹 다물고 고개를 떨궜다.

"시카고가 그렇게 좋아?"

안경을 쓴 남자가 물었다. 아이는 입을 꾹 다물고 대답을 하지 않았다. 그러면서 날 원망스런 눈빛으로 쳐다보았다.

"회수하는 작업에서 문제가 발생할 수 있으니까 저희가 처리해 드리고, 뭐 가능하면은 아이가 저렇게 좋아하니 같은 모델을 구할 수 있도록 해드리겠습니다. 대신 이 일에 대한 기밀을 철저히 지켜주셔야 합니다."

남자가 말을 끝내고는 사인하라며 서류를 내밀었

다. 보상과 기밀 엄수에 대한 것이 적혀 있는 서류였다. 사인을 하고서는 남자에게 물었다.

"이게 그렇게 중요한 일인가요?"

"네. 국가안보에 관련된 일이니까 협조해 주셔야 합니다."

치직 하는 무전 소리에 안경을 쓴 남자가 무전기를 들었다. 무전기에서 소리가 흘러나왔다.

"상황 종료. 상황 종료."

"결과는?"

"회수 실패."

"실패라고?"

"자폭했습니다."

"그래, 잔해는?"

"잔해는 전량 회수해서 지금 내려갑니다."

"오케이."

남자가 무전기를 끊었다. 그리곤 우리 가족을 보았다.

"아쉽게 됐네요. 가능하면 피해 없이 회수하려고 했는데 불가피하게 됐습니다. 피해는 보상해 드릴 테니까 피해 보신 것에 대해선 다 저희에게 말씀해 주시기 바랍니다."

남자가 안경을 밀어 올리며 말했다.

검은 차량들이 떠나고 집으로 올라갔다. 집에서 매캐한 냄새가 나고 소파며 바닥에 흠집이 나 있었다. 다행히 거실만 그렇고 다른 데는 멀쩡했다. 아내가 망연자실한 눈으로 거실을 둘러보았다.

"하, 인테리어 한 지 얼마 안 됐는데."

초인종 소리에 문을 열자 좀 전의 경찰과 청소업체 사람들이 서 있었다.

"아, 좀 전에 뵀던 ××경찰서 이 경장입니다."

"예, 무슨 일이시죠?"

"예, 저희가 좀 정리를 해드리겠습니다."

경찰이 옆으로 비키자 청소업체 사람들이 안으로 들어와 집을 치우기 시작했다. 아이는 문을 쾅 닫고 제 방으로 들어가 버렸다. 사람들이 거실을 치우는 동안 아내와 안방에 들어가 있었다.

"어떻게 된 거야?"

아내가 눈을 크게 뜨고 물었다.

"나도 몰라."

아직 얼이 빠진 채 고개를 휘휘 저었다.

"뭐, 그렇게 될 수 있는 거야?"

"나도 모르지. 그렇다고 하니까 그런 거지."

"어떡하나. 현수가 많이 좋아했는데."

아내가 걱정스럽게 말했다.

"하나 사달라고 해야지, 뭐. 사준다고 하잖아."

"이번에 인테리어 바꿀까."

아내가 팔짱을 낀 채 날 보았다. 그새 현실로 돌아온 것 같았다.

"보상해 준다고 했잖아."

"글쎄, 그걸 다 해줄까?"

"한번 해보지, 뭐. 어차피 벽지에 바닥도 나갔고, 커튼도 그을음 앉았네."

"그래, 얘기는 해보자."

아내와 방에 앉아 그런 얘기를 했다. 아이는 화가 났는지 제 방에서 나오지를 않았다. 차로 불러낸 아빠가 원망스러운 모양이었다.

일주일 뒤였다. 퇴근하고 나서 상자를 안고 집으로 올라갔다. 거실에 올라서는데 아이가 방에서 풀이 죽은 얼굴로 나왔다.

"다녀오셨어요?"

"현수야. 잠깐만."

방에 있는 아이를 불러냈다.

"응?"

"누구 왔는데?"

방으로 로봇 강아지가 졸졸졸 따라 들어왔다. 그걸 보더니 아이의 눈이 활짝 커졌다.

"와, 시카고다."

로봇 강아지가 귀를 쫑긋쫑긋 하며 깡 하고 짖었다. 아이의 얼굴에 웃음꽃이 피기 시작했다.

"왔어?"

아내가 나왔다. 아이가 시카고랑 노는 모습을 보더니 아내의 입꼬리가 올라갔다. 나도 아내도 그제야 안도하는 마음이 되었다. 아이랑 놀던 로봇 강아지가 착착착 걸어 전용충전기에 걸터앉았다. 아이가 그 옆에 까르르 웃으며 앉아 있다.

밤이 되었다. 모두들 자러 들어갔다. 로봇 강아지는 아이를 따라 문 앞까지 갔다가 다시 타박타박 걸어 전용충전기에 걸터앉았다. 찌익찌익. 로봇 강아지가 고개를 움직이더니 눈에 불빛이 들어왔다. 눈빛이 깜박

깜박하더니 파란색이던 눈동자가 초록색으로 변했다.
로봇 강아지가 고개를 찌익찌익 돌리고는 현수? 하고
중얼거렸다.

너의 마지막 모습

— 핑키님, 어디세요?

— 동대문요.

— 10분 정도 걸리시겠네요.

— 네.

— 회기역 2번 홈 17번 1-3 게이트로 오세요.

— 네.

핸드폰에서 고개를 들었다. 잠시 뒤 백 팩을 메고 후드를 뒤집어쓴 여자애가 홈으로 들어섰다. 눈이 마주치자 여자애가 이쪽으로 다가왔다. 어색해하는 여자애에게 말을 건넸다.

"저 핑키님?"

"네, 솔로님?"

여자애가 고개를 꾸벅하며 대답했다.

"예. 솔롭니다. 안녕하세요."

"안녕하세요. 좀 늦었죠?"

여자애가 고개를 숙인 채 바닥을 내려다보며 백 팩의 어깨끈을 만지작거렸다.

"아니, 별로요."

그때 춘천행 열차가 들어온다는 안내방송이 나왔다. 지금 열차는 15시 45분발 춘천행 열차입니다. 춘천행 열차를 이용하실 분은 타는 곳 2번 홈에서 열차에 탑승하시기 바랍니다.

열차가 들어오는 쪽을 보며 말했다.

"지금 열차가 들어오네요. 바로 타면 그렇게 늦진 않을 거예요."

"네."

열차가 서서히 속도를 줄이며 홈으로 들어왔다. 머리의 캡을 눌러쓰고 올라탔다. 여자애와 나는 통로 쪽 텅 빈 의자에 나란히 걸터앉았다. 건너편은 텅 비어 있다. 평일 오후 교외로 나가는 열차 안은 한산했다. 사람들이 드문드문 앉아 있고 빈자리도 많이 보였다. 여자애는 자리에 앉아 이어폰을 꽂고 핸드폰을 보고 있었다.

잠시 뒤 열차가 덜컹덜컹 흔들리며 달려갔다. 다닥다닥 붙은 건물들 사이를 빠져나가자 파릇파릇해지고 있는 들판이 나왔다. 추위가 물러가고 봄이 오고 있었다. 사람들의 옷차림도 가벼워지고 봄꽃과 새싹이 피어나고 있다.

핸드폰에서 알람이 띠링 울렸다. 바지에 있는 폰을 꺼내자 여자애가 고갯짓으로 핸드폰을 가리켰다. 화면을 보자 방장의 톡이 들어와 있다.

— 솔로님 어디세요?

고개를 들어 위의 안내 모니터를 보고 답장했다.

— 지금 가평역요.

— 다 오셨네요. 핑키님하고 같이 오시는 거죠?

그 물음에 여자애가 네, 하고 답을 했다.

— 다른 분들은?

— 저희는 다 도착했습니다.

— 늦어 죄송합니다.

— 아니. 괜찮아요. 저희 역에서 기다릴게요.

— 네.

고개를 들자 여자애가 나를 쳐다보았다. 역이 네 개남았다는 뜻으로 손가락을 네 개 펴 들었다. 여자애가 고개를 끄덕하더니 다시 폰을 보았다. 잠시 후 열차에서 내릴 역의 방송이 나왔다. 일어나 백 팩을 멨다. 여자애가 처다봐서 손으로 문을 가리켰다. 여자애도 일어나서 백 팩을 멨다.

홈에 열차가 서자 모자를 눌러쓰고 내렸다. 에스컬레이터를 타고 개찰구로 향했다. 역을 나오자 따스한 봄의 햇살이 퍼지고 있다. 비둘기들이 바닥의 부스러기를 쪼고 있다. 환한 햇살에 여자애가 눈을 찡그렸다. 나는 캡을 눌러쓰고 두리번두리번 사람들을 찾기 시작했다. 광장의 한쪽에 사람들이 모여 있는 게 눈에 띄었다. 눈이 마주치자 그쪽에서 손을 흔들었다. 그곳으로 다가가자 40대의 퉁퉁한 아저씨가 물었다.

"솔로님?"

"예."

"왕갈빕니다. 반갑습니다."

"아, 예. 반갑습니다."

남자와 악수를 했다. 그러자 남자가 여자아이를 돌아보며 물었다.

"핑키님?"

"네. 핑키예요."

"반갑습니다."

가볍게 악수를 했다. 그리곤 나머지 사람들을 소개했다.

"여기는 세계로님, 욜로님."

왕갈비가 두 사람을 소개했다. 비쩍 마르고 점퍼를 걸친 남자가 손을 내밀었다.

"세계롭니다."

"욜로예요."

옆의 여자가 머리를 까딱했다.

"반갑습니다. 솔롭니다."

"핑키예요."

인사가 끝나자 잠시 어색한 침묵이 흘렀다.

"그럼 가실까요?"

왕갈비가 커다란 등산용 배낭을 둘러메고 앞장을 섰다. 세계로도 바닥에 있는 가방을 둘러멨다. 역 앞으로 나오자 택시 정류장에 빈 택시들이 늘어서 있었다. 그걸 보며 왕갈비가 말했다.

"그냥 택시로 가죠."

"한 대에 다 못 타잖아요."

욜로의 말에 왕갈비가 대꾸했다.

"예, 그럼 두 대에 나눠 타죠. 여자분 한 대, 남자분 한 대 그렇게 갑시다."

왕갈비가 운전석의 기사에게 말했다.

"저 기사님 ××펜션으로 가주세요. 거기까지 얼마나 나올 것 같아요?"

"글쎄요. 한 2, 3만 원 나올 것 같은데요."

그 말에 왕갈비가 차창 너머로 욜로에게 4만 원을 건네주었다.

"먼저 출발하세요. 그럼 펜션에서 봐요."

왕갈비가 옆으로 물러서며 말했다. 여자들이 탄 택시가 출발하자 남은 세 명이 뒤의 택시에 올라탔다.

"형이 앞에 타세요."

세계로가 왕갈비에게 권했다.

"그럴까요?"

왕갈비가 앞에 앉고 뒷좌석에 세계로와 같이 앉았다. 왕갈비가 기사에게 말했다.

"××펜션 가주세요."

"네."

핸드폰을 꺼내 시간을 보고는 전원을 껐다. 그리곤 옆에 있는 세계로에게 몸을 돌렸다.

"저, 장소는 어떻게?"

"온라인으로 예약했어요."

세계로가 대답했다. 그러자 앞에 있는 왕갈비가 돌아보며 말했다.

"준비물들은 다 챙기셨죠?"

"아, 예. 예. 왕갈비님이 수고 많으셨네요."

세계로가 사람 좋은 웃음을 지으며 말했다.

"뭐 다 같이 한 거죠."

그 소리에 택시 기사가 운전을 하며 물었다.

"어디 야유회 오셨나 봐요?"

"아, 예. 저희 인터넷 명상 동호회거든요."

"아하, 그러시구나."

기사가 머리를 끄덕이며 말했다. 한산한 작은 시내를 벗어나자 차창 너머로 물이 오르고 있는 산이 펼쳐졌다. 택시는 구불구불한 국도를 천천히 달렸다. 유리창에 나른한 봄 햇살이 눈부시게 빛나고 있다. 길이 점점 좁아지며 택시가 구릉을 올라갔다. 산 중턱에 펜션 몇 채가 서 있었다. 사람들은 가방을 들고 차례로 택시에서 내렸다.

펜션 안은 널찍하고 깨끗했다. 마루가 산 아래를 굽

어보고 있는 위치라 전망이 좋았다. 눈 아래는 나무들
의 바다였다. 나른한 봄바람에 가지들이 하늘하늘 흔
들리고 있었다. 여자들이 가방을 들고 일어났다.

"저희들은 먼저 씻을게요."

"아, 저쪽 방에 씻는 데가 있으니까 거기서 씻으시면
돼요."

세계로가 뒤편의 방을 가리키며 말했다. 왕갈비는
박스를 들고 냉장고 앞으로 다가갔다. 그리곤 문을 열
고 앞에 쭈그리고 앉아 가지고 온 음식들을 정리하기
시작했다. 커다란 비닐봉지들은 야채칸에 넣고 음료
수와 물병은 가지런히 냉장실에 정리했다. 그러곤 소
주병들을 꺼내서 냉동실에 집어넣었다. 냉장고 정리를
마친 왕갈비가 검은 봉지를 몇 개 들고 주방으로 갔
다. 왕갈비가 봉지들을 싱크대에 내려놓았다.

"뭐 도와드릴 거 없어요?"

세계로가 주방 쪽을 보며 물었다. 물을 틀어 손을
씻고 있던 왕갈비가 돌아보며 말했다.

"다 준비했어요. 쉬고 계세요."

"그럼 전 담배 좀 피고 올게요."

세계로는 유리문을 열고 앞의 베란다로 나갔다. 담

배를 꺼내 불을 붙이는 세계로의 등이 보였다. 세계로
가 밖에서 담배를 피우는 동안 나는 벽에 기대앉아 주
방 쪽을 보고 있었다. 왕갈비는 전기밥솥을 열어 비닐
봉지에 든 쌀을 쏟았다. 미리 씻어 온 듯 물을 맞추고
는 뚜껑을 닫았다. 그리곤 싱크대 밑에서 커다란 양푼
을 꺼내 비닐봉지의 고기를 붓고 다른 봉지에 미리 썰
어 온 당근과 양파를 넣고 비닐장갑을 낀 손으로 주
물렀다. 손놀림이 빠르고 거침이 없었다.

왕갈비는 프라이팬과 큰 냄비를 꺼내 불에 올려놓
았다. 그리곤 프라이팬에는 고기를 굽고 냄비는 전골
을 끓였다. 잠시 후 맛있는 냄새가 가득 퍼지기 시작
했다. 세계로가 담배를 피고 들어오자 왕갈비가 돌아
보며 말했다.

"거기 상 좀 펴주실래요?"

"예."

"수저도 갖다 놓으시면 좋겠는데요."

"그건 제가 할게요."

나는 자리에서 일어섰다. 거실 가운데에 상을 펴고
싱크대 서랍에 있는 수저를 가져다 사람 수대로 놓았
다. 세계로와 둘이 상을 세팅하고 있는데 왕갈비가 불

고기 접시를 상 위에 갖다 놓았다. 그 옆에는 김이 나고 있는 불고기 전골을 냄비째 들고 와 올렸다. 그리곤 냉장고에서 좀 전에 넣어둔 밑반찬과 야채들을 꺼내 늘어놓기 시작했다. 상차림이 끝나자 전기밥솥에서 밥이 다 됐다는 알람이 울렸다. 왕갈비가 밥그릇과 주걱을 들고 가서 밥을 푸기 시작했다.

그때 여자들이 거실로 나왔다. 편한 옷으로 갈아입고 가볍게 화장한 얼굴이었다. 욜로가 눈이 휘둥그레진 얼굴로 상을 내려다보았다.

"이게 다 뭐예요?"

"어, 내가 준비해 온 거."

밥을 푸다 말고 왕갈비가 돌아보며 웃었다. 여자아이가 접시의 불고기를 젓가락으로 집어 먹고 있었다.

"아, 맛있다."

감탄의 소리를 냈다. 그 말에 옆에 있던 욜로가 고기를 집어 먹으며 역시 탄성을 터트렸다.

"맛있다. 내가 먹어본 고기 중에서 제일 맛있다."

왕갈비가 쟁반에 담아 온 밥그릇을 사람들 앞에 하나하나 놓아주며 말했다.

"많이 준비해 왔으니까 실컷 먹어요. 잘 먹고 죽은

귀신이 때깔도 좋다잖아."

"정말 맛있어요. 어떻게 이렇게 맛있게 하세요?"

욜로가 눈을 둥그렇게 뜨고 말했다.

"내가 고깃집을 했거든. 맛은 자신 있어. 이거 다 한 우니까 많이들 들어요."

욜로가 본격적으로 먹으려고 하는 듯 자리에 앉으며 왕갈비를 쳐다보았다.

"아, 그래서 닉네임이 왕갈비셨구나."

상에 놓인 음식을 둘러보며 다시 물었다.

"이거 다 준비해 오신 거예요?"

"응. 여기 온다고 미리 준비했지. 어떻게, 입에 맞아?"

"네. 맛있어요. 간도 딱 좋아요."

"다른 사람들은?"

왕갈비가 사람들을 훑어보며 물었다. 세계로가 씨익 웃으며 고개를 끄덕였다.

"맛있어요."

"저도요."

여자아이가 말했다.

"예, 맛있네요."

나도 대답했다. 왕갈비가 만족스러운 미소를 띠며 사람들을 둘러보았다.

"안주도 준비됐으니까 한잔할까?"

왕갈비가 일어나 냉동실에 넣어둔 소주병과 일회용 술잔을 들고 왔다. 그걸 보고 세계로가 가방에서 술병을 꺼냈다.

"이걸로 시작하죠."

술병을 보더니 왕갈비가 반색했다.

"그거 수정방 아냐?"

"예. 전에 나갔다 오면서 사둔 거예요."

"좋지. 다른 분들은?"

왕갈비의 말에 율로가 대꾸했다.

"저도 좋아요."

왕갈비가 잔을 돌리고 세계로가 술을 따랐다. 술을 따라주려고 하는 세계로에게 나는 손을 내저었다.

"저는 술을 못해서."

"그래?"

"편한 대로 해. 편한 대로."

왕갈비가 팔을 휘저으며 말했다. 세계로가 술을 따르자 모두 잔을 들었다. 나는 물을 채운 잔을 들었다.

왕갈비가 소리쳤다.

"자자, 건배. 크 좋다. 역시 수정방이야."

"그렇죠?"

세계로가 다시 술병을 기울여 왕갈비의 잔에 술을 따랐다.

"고기 너무 맛있다."

욜로가 고기를 씹으며 말했다.

"이거 많이 먹으면 배 나오는데."

욜로가 눈을 찡그리며 중얼거렸다.

"욜로씨, 그런 걱정 안 해도 돼. 좀 나오면 어때?"

세계로가 손을 내저으며 말했다.

"아, 아저씨."

욜로가 고개를 절레절레 흔들었다.

"아저씨, 이거 내가 얼마나 신경 썼는데. 먹고 싶은 것도 안 먹고 참고. 어휴. 내가 왜 그랬나 몰라."

"하긴 쉽게 되는 거 없죠?"

"쉽게 되는 거 없어요."

"그렇죠?"

"그럼요."

욜로가 한숨을 쉬었다.

"저도 20대 초반까지는 아무리 먹어도 안 쪘어요. 근데 스물다섯 넘어가니까 조금만 먹어도 배 나오고 술 마시고 밤새 놀면 담날 힘들고 아침에 피부도 푸석 푸석하고. 거기다 애들은 계속 치고 올라오지. 하아."

욜로가 양손으로 뺨을 감싸며 한숨을 푹 내쉬다가 여자아이를 쳐다보았다.

"얘 피부 보세요. 얼마나 뽀얗고 이뻐요."

손으로 피부를 가리키며 말했다.

"언니는 지금도 예쁜데 왜 그래요?"

"그치? 내가 한 미모 하지? 근데 너도 장난 아냐."

욜로의 말에 여자아이가 피식하며 손에 든 폰으로 고개를 떨궜다. 그러거나 말거나 욜로의 한탄이 계속 이어졌다.

"클럽 가도 남자들은 어린애들한테만 관심 가지고. 물 관리하는 데는 20대 중반만 돼도 커트시키려고 하고."

"거기도 그런 힘든 게 있네요."

왕갈비가 소주를 홀짝하고 나서 욜로를 쳐다보았다.

"오늘은 그런 소리 말고 실컷 먹고 마십시다."

왕갈비가 술잔을 번쩍 들며 소리쳤다. 그 잔에 욜로

가 쨍그랑 잔을 부딪쳤다.

"좋아요."

"자 한잔합시다."

왕갈비가 다시 잔을 높이 들었다. 그 소리에 연신 사람들이 술을 입에 털어 넣었다. 식사를 하는 내내 계속 술병이 돌았다. 백 팩을 멘 채 앉아 있는 나를 보더니 세계로가 외쳤다.

"솔로씨 안 불편해요?"

"습관이 돼서 편해요."

"그냥 각자 알아서 편한 대로 해요."

왕갈비가 뇌까렸다.

한동안 술자리가 이어지다 욜로가 한 걸음 뒤로 물러앉았다.

"너무 배가 불러 이제 더 못 먹겠어요."

"저도요."

여자아이도 뒤로 물러나며 말했다.

"진짜 얼마 만에 이렇게 먹어보는지 모르겠네."

왕갈비가 배를 쓰다듬으며 말했다.

"어떻게 맛있게들 먹었어요?"

"네. 진짜 맛있게 먹었어요."

욜로와 세계로가 머리를 끄덕이며 말했다.

"진작 알았으면 형님네로 사람들 끌고 갔을 텐데."

"말이라도 고마워."

왕갈비가 씩 웃으며 말했다.

"저녁은 다 먹은 것 같으니까 일단 좀 치우고 계속 할까요?"

왕갈비가 자리에서 일어서며 물었다.

"아니 설거지하시게요?"

세계로가 물었다.

"응. 먹었으니까 치워놔야지. 깨끗한 게 좋잖아."

왕갈비는 술병과 잔들은 두고 재빨리 상을 치우기 시작했다.

"식당 할 때부터 몸에 배어서."

"저도 같이 할게요."

세계로가 부스스 몸을 일으켰다.

"됐어. 난 혼자 하는 게 편하고 그냥 후딱 끝나니깐 그냥 앉아서 얘기들 하고 계셔. 이거 상만 같이 좀 옮기지."

그 소리에 세계로와 같이 상을 들고 주방 쪽으로 옮

겼다. 그 일이 끝나자 세계로는 담배를 피운다고 밖으로 나갔다.

"한잔하고 계셔요."

왕갈비는 싱크대로 가서 설거지를 했다. 욜로는 파우치에서 화장품들을 꺼내 화장을 고쳤다. 여자아이는 계속 핸드폰을 보고 있다. 구석의 벽에 등을 기대고 사람들을 보고 있었다. 잠시 후 세계로가 담배를 피우고 거실로 돌아왔다. 그리곤 냉장고에서 소주병들을 꺼내 들고 왔다. 상에 소주병들을 내려놓고 가방에서 마른안주가 든 팩과 과자봉지를 꺼내 펼쳐놓았다. 그사이 설거지를 마친 듯 왕갈비가 손을 닦으며 상 앞으로 다가왔다.

"분위기 좋네."

그러면서 빈자리에 끼어 앉았다.

"한잔하세요."

세계로가 술을 권하자 파우치에 화장품을 집어넣던 욜로가 왕갈비를 쳐다보았다.

"벌써 끝나셨어요?"

"아유 저거 금방이야."

왕갈비가 별거 아니라는 듯 손을 흔들었다. 그리곤

소주병을 들어 세계로의 잔에 따랐다.

"자 한잔씩들 하자고."

왕갈비가 소주병을 내려놓으며 세계로를 쳐다보았다.

"그 혹시 수정방 남은 거 있어?"

"아직 남았는데 드실래요?"

"어 난 그거."

왕갈비가 잔을 내밀며 말했다. 세계로가 수정방을 붓고 있는데 욜로가 제 앞의 잔을 들었다.

"저도요."

욜로가 따라준 수정방을 쭉 들이켜고는 말했다.

"이건 북경에서 마실 때도 맛있었는데."

"북경 어디요?"

고량주 병을 내려놓던 세계로가 되물었다.

"만다린 뭐였는데."

"혹시 만다린 오리엔탈? 거기 왕푸징에 있는 거?"

"예. 거기였던 것 같아요."

"거기 비싼 덴데."

세계로가 욜로를 보며 말했다.

"그때 사귀던 남자랑 같이 갔었죠. 북경 오리구이

먹으러요."

"오리구이는 어디서?"

"아 그냥 호텔에서요."

욜로가 제 앞의 잔을 뱅글뱅글 돌리며 말했다.

"호텔에서 룸서비스로."

"일반실은 룸서비스로 먹기 좀 그런데."

"저흰 스위트에 있었잖아요."

"거기 스위트면?"

세계로가 술잔에서 입을 떼며 쳐다보았다.

"한 이삼백 하는 거 같더라고요."

폰을 보며 내내 게임을 하던 여자아이가 고개를 들
고 물었다.

"언니 하룻밤에요?"

"응. 하룻밤에. 그 정도 하는 것 같았어."

여자아이가 놀란 눈으로 빤히 쳐다보는데 세계로가
팔짱을 끼며 물었다.

"그럼 로열 스위트?"

"아니 그냥 스위트에 있었어요. 로열 스위트는 더 비
싸죠."

욜로가 피식하며 말했다. 그 소리에 세계로가 고개

를 저으며 말했다.

"스위트만 해도 어우 만다린 오리엔탈인데."

"뭐 좋더라고요. 서비스도 좋고."

욜로가 대수롭지 않다는 듯 대꾸했다.

"룸서비스는 거기 ○○식당에서 오더라고요."

"그 집도 유명한 덴데. 거기 요리사가 옛날 황실 주방에서 요리하던 사람의 제자라던데. 아 대단하셨구나? 그럼 유럽 쪽은?"

세계로가 다시 수정방을 입에 털어 넣으며 물었다.

"뭐 런던 파리 다 가봤고요."

"언니 그런 데 어때요?"

여자아이가 궁금한 듯 눈을 굴리며 물었다.

"야 거긴 길도 좁고 엉망이야. 그냥 뭐 명품 같은 거 사는 재미로 가는 거지. 거기가 거기지 뭐."

"어디 어디 갔어요?"

호기심이 생겼는지 핸드폰을 옆에 내려놓고 여자아이가 물었다.

"그냥 영국은 헤롯백화점에 갔었고, 파리는 에펠탑 보이는 곳에서 저녁 먹고. 이런 거 괜찮지 뭐."

욜로가 심드렁하게 얘기하는데 여자아이는 눈이 반

짝반짝해서 듣고 있었다. 얼굴에 술기운이 돌아 발그
레해져 있다.

"로마는 어딜 가나 다 옛날 건물들이지 뭐. 피자나
스파게티나 그런 거 좀 있지. 어휴 다들 그래. 프랑스
는 뭐 트러플 같은 거? 트러플이나 괜찮지. 음식은 다
그저 그래. 와인은 화이트 와인은 괜찮은데."

눈을 깜박거리며 욜로가 계속 주절주절 떠들었다.

"로마에서는 뭐 했어요?"

"뭐 여기저기 다 가봤지 뭐. 나폴리도 갔고. 그냥 전
망 좋은 펜트하우스에서 와인 한잔하는 맛으로 가는
거지. 딴 건 그렇게 볼 거 없어. 오래된 건물 앞에서 사
진 찍는 맛에 가는 거지."

욜로가 자신의 핸드폰을 여자아이 앞에 내밀었다.
욜로가 SNS에 올린 사진들을 여자아이가 들여다보고
있다. 그리곤 입을 불쑥 내밀고는 한숨을 쉬었다. 다
들 말없이 계속 술잔을 기울였다. 잔이 빌 때마다 계
속 물을 채워 마셨다. 고량주가 다 떨어져서 이제는
소주를 마시고 있었다. 어느새 상에는 빈 소주병들이
쌓여갔다. 세계로가 소주병 하나를 집어 들며 말했다.

"어 이거 마지막이네."

"마지막이야?"

"그럼 이제 슬슬 준비해야겠네."

왕갈비가 사람들을 둘러보며 말했다. 그 말에 난 손목에 찬 시계를 보았다.

"그러죠."

"그럼 세계로씨와 솔로씨가 테이핑 좀 해주세요."

왕갈비가 나와 세계로를 돌아보았다.

"예."

"그럼 불은?"

세계로의 물음에 왕갈비가 손을 들었다.

"제가 할게요."

"저는."

벽에 기대서 있던 욜로가 물었다.

"아 그냥 있어요."

왕갈비가 만류하며 등산용 배낭에서 식당에서 쓰는 화로를 꺼내 바닥에 내려놓았다. 내가 가방에서 청테이프와 가위 등을 꺼냈다. 세계로도 자기 가방에서 청테이프와 가위를 꺼내 현관문 쪽으로 갔다. 나는 창문과 창틀에 테이프를 붙이고 손으로 문질러서 꼼꼼하게 바르기 시작했다. 창문 하나하나를 빈틈없이 바르고 혹시 뜬 데가 없는지 일일이 손으로 문질렀다. 그리곤 욕실로 가서 배수구를 두 겹으로 막았다. 환풍기도 똑같이 했다. 주방의 환풍기도 신경 써서 꼼꼼하게 바르고 싱크대의 배수구도 뚜껑을 닫은 후 테이프를 두 겹으로 발랐다.

작업이 끝나자 왕갈비가 화로 옆으로 손짓했다. 사람들이 모이자 왕갈비가 술잔 가득 소주를 따라 돌렸다. 그런 뒤 욜로에게 물었다.

"욜로씨. 준비하신 거."

"여기요."

욜로가 흰색 약봉지를 꺼내서 두 알씩 사람들에게 나눠 주었다. 모두의 앞에 술잔과 약을 놓은 후 왕갈비가 고개를 들었다.

"마지막으로 하고 싶은 얘기 있으시면."

"형님 먼저 하세요."

세계로가 왕갈비에게 말했다.

"음식들 다 맛있게 먹어줘서 기분 좋았어. 정말 그렇게 내 음식을 맛있게 먹어주는 사람을 보니 너무나 행복했어. 음식 솜씨는 자신 있어서 가게를 냈는데 한동안 잘됐어. 우리 집이 장사가 잘되고 손님들이 많아지니까 바로 옆으로 무한리필 체인점이 들어오더라고. 일단 뭐 가격하고 양으로 밀어붙이니까 당할 수가 있어야지. 따지고 보면 우리 집에서 먹는 거나 거기서 먹는 거나 별 차이가 없어. 근데 무한리필이라는 거 하나로 사람들이 거기로 몰리니까. 매출이 반으로 떨어지니까 뭐 정신 못 차리지. 상대하려고 마냥 가격을 내릴 수도 없고. 그런데 손님들은 점점 줄고. 적자는 쌓여가고. 사는 게 다 그래. 자식들이라도 먹고살라고 생명보험 하나 두고. 결국 뭐 여기까지 오게 됐어. 자네는?"

왕갈비가 세계로를 쳐다보았다.

"전 여행사 했어요. 신혼여행 전문 여행사를 차렸죠. 작년까지는 신혼여행 전문 여행사가 유행이었죠. 노하우도 쌓여서 작년에만 신혼여행을 백 건 이상 했었죠. 앞으로 그 이상 될 거라고 생각했었는데, 아시잖아요, 코로나. 예약은 다 취소됐지, 현지 지불한 돈은 다 날렸지, 시작하느라 집 담보로 대출받고 주변 사람들한테 빌린 돈들 달라고 난린데 방법이 없더라고요. 그래서 여기까지 왔어요."

"하긴 여행도 다 죽었다더라. 자네도 힘들었겠네."

"그렇죠. 솔로씨는?"

"저는 사고로 가족들이 다 떠났어요. 와이프하고 애 태우고 치킨 사러 가는데 술 취한 놈이 외제차로 들이박아서 저 빼고 그렇게. 병원에서 눈떠 보니까 가족들은 다 죽고 가해자는 비싼 변호사 써서 집행유예 받고. 집에 들어갈 때마다 우리 애 생각나고 와이프 생각나고."

고개를 떨구고 한숨을 쉬며 물 한 잔을 벌컥벌컥 들이켰다.

"거기다가 몇 달 전에 우연히 가해자랑 마주쳤는데 그 새끼 또 술 처마시고 비싼 외제차 몰고 가더라고요. 세상 참 더럽더라고요."

"자네도 힘든 게 많았네."

왕갈비가 말하는데 욜로가 소리를 빽 질렀다.

"하여간 돈 많은 새끼들 다 죽어야 돼. 이 씨발 나쁜 새끼. 어? 내가 좋다고 그렇게 난리 치더니 집에서 선보라고 하니까 날 꽃뱀으로 만들어? 한 사람 범죄자 만드는 거 한순간이더라고요."

"아까 얘기했던 그 남자친구?"

"그럼 그 새끼지 누구겠어요?"

욜로가 소주를 따라 단숨에 비웠다.

"그래 너 한번 좆돼 봐라. 내가 SNS에 다 올렸으니까. 또 여기 이렇게 네 이름까지 다 있으니까 이제 한번 좆돼 봐."

욜로가 종이를 앞에 내려놓았다.

"넬 재판 나온다는데 이젠 끝이야. 끝. 넌?"

욜로가 입을 앙다물고 여자아이를 쳐다보았다.

"넌 뭐 할 말 없어?"

"아 됐어요. 그냥 뭐 그 새끼들 다 뒈져버렸으면 좋겠어요."

"뭐 혹시라도 맘에 담아두고 있는 게 있으면."

왕갈비의 말에 모두 고개를 저었다.

"됐어요."

"됐어요."

"그럼 시작할게요."

왕갈비가 잔을 들자 모두 잔을 높이 들었다.

"건배. 잘들 가시게."

"잘 가세요."

"잘 가세요."

"잘 가세요."

그 말을 끝으로 모두 입에 약을 털어 넣고 소주를 쭉 들이켰다. 왕갈비가 화로 속의 숯 위에 번개탄을 올려놓고 토치로 불을 피웠다. 연기가 확 피어올랐다. 몇 사람이 쿨럭쿨럭 기침을 했다.

"밖에서 피워 와야 되는 건데."

"됐어요."

 왕갈비가 미안해하자 세계로가 바닥에 드러누우며 말했다.

"술이 좀 더 있었으면 좋겠는데."

"됐어요."

"그으래…."

 왕갈비의 목소리가 풀리기 시작했다. 여자들이 픽픽 바닥으로 쓰러졌다. 왕갈비가 풀썩 자리에 눕고 나도 바닥에 누워 눈을 감았다. 얼마나 시간이 지났을까. 술과 약에 취해 사람들은 떨어지고 있었다. 맞은편에서 왕갈비가 코를 골기 시작했다. 뒤이어 새근거리는 여자아이의 숨소리가 들렸다. 세계로는 코를 골다가 한순간 커억 하고 기침을 했다. 그리곤 계속 쿨럭거렸다. 살며시 눈을 뜨고 입안의 약을 뱉었다. 고개를 옆으로 돌리자 뽀얀 피부의 여자아이가 숨 쉬는 게 답답

한 듯 가슴을 부여잡고 있다. 일어나 앉아 주위를 가만히 둘러보았다. 등에 멘 백 팩을 앞으로 끌어내려서 안에서 산소 캔을 꺼냈다. 뚜껑을 열어 마스크를 쓰고 손목의 시계를 보았다. 아직 좀 걸리겠네. 백 팩에서 액션캠을 꺼내 자고 있는 사람들을 찍기 시작했다. 그 자리에 앉은 채 액션캠만 움직였다. 세계로는 연신 쿨럭쿨럭했다. 욜로는 고개를 옆으로 돌린 채 쓰러져 있고 여자아이도 정신을 잃은 듯 움직임이 없었다. 욜로가 쿨럭하며 몸을 꿈틀거렸다. 목이 따가워지고 있다. 산소마스크를 쓴 채 고개를 뒤로 젖히고 짧게 버튼을 눌러 나오는 산소를 깊이 들이마셨다. 손으로 마스크를 감싸고 산소가 새 나가지 않도록 조심하며 두 번 세 번 들이마셨다.

조용히 일어나 여자아이에게 다가가 앉았다. 액션캠을 얼굴 가까이에 가져갔다. 클로즈업하자 여자아이의 뽀얀 피부와 가늘게 떨리는 속눈썹이 점점 일그러지고 있다. 볼의 발그레한 핏기가 빠지며 점점 피부가 하얗게 변해가기 시작했다. 숨 쉬기가 힘들어 휴대용 산소포화도 기구를 꺼내 손가락에 끼웠다. 테스터기를 보며 수치가 95가 넘을 때까지 계속 산소 캔을 들이켰다. 여자아이가 쿨럭거렸다. 이번에는 산소포화도를 아이의 손가락에 끼웠다. 수치가 떴다. 87. 이 정도면 정신을 확실히 잃었네. 액션캠을 찍으며 여자아이를 빤히 쳐다보았다. 하얗게 변해가는 피부, 파르르 떨리는 눈썹, 이마로 툭툭 튀어나오는 핏줄, 점점 일그러지는 표정이 아름답다. 그 모습을 뚫어져라 보았다. 한순간 여자아이가 몸부림을 치며 가슴을 쥐어뜯었다. 응, 그래. 너 이제 조금씩 힘들어질 거야. 여자아이가 버둥거리며 컥컥 소리를 냈다. 그리곤 거칠게 진저리를 쳤다. 입술이 파랗게 변하며 점점 검은색을 띠기 시작했다. 피부도 파랗게 변해갔다. 산소포화도를 보니 80 이하로 떨어져 있다. 이제 깨어날 일은 없다. 여자아이의 얼굴 앞으로 바짝 다가갔다. 액션캠을 닿을 듯 가까이 들이댔다. 입에서 흰 거품이 흘러나왔다. 한순간 여자아이가 커억 컥 소리를 내며 경련을 하기 시작했다. 눈동자가 희게 까뒤집어지며 몸을 떨었다. 그래. 이제 금방 가. 금방. 조금만 있으면 돼. 금방 갈 거야. 틈틈이 산소를 들이마시는 걸 잊지 않았다. 여자아이가 몸을 부들부들 떨더니 축 늘어지며 고개가 옆으로 툭 떨어졌다. 산소포화도를 보자 심박이 느려지고 있다. 이제 심박은 제로였다. 그제야 액션캠의 녹화를 종료시키고 백 팩에 집어넣었다.

쿵 소리에 돌아보자 세계로가 화장실 쪽으로 기어가고 있다. 한순간 부르르하더니 고개가 툭 떨어졌다. 여자아이의 손에서 산소포화도를 빼서 욜로에게 끼웠다. 제로. 무릎걸음으로 다가가 왕갈비와 세계로의 손가락에도 차례차례 끼웠다. 제로. 제로. 다 죽었다. 산소 캔을 입에 댄 채 비닐장갑을 끼고 알콜과 솜으로 앉았던 자리와 만졌던 창틀, 환풍기, 배수구 등을 모두 닦았다. 혹시 흘린 물건이 없는지 다시 한번 꼼꼼히 살펴보았다. 그리곤 백 팩 안에서 후드 잠바를 꺼내 위에 덧입었다.

나가기 전에 마지막으로 방을 한 번 둘러보고는 비닐장갑을 낀 손으로 펜션의 문을 열었다. 살며시 문을 닫았다. 어둠 속으로 발소리가 저벅저벅 울렸다.

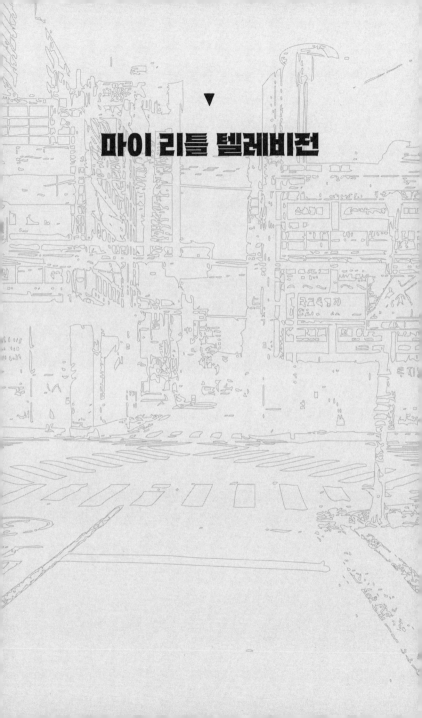

▼
마이 리틀 텔레비전

오후가 되면서 사무실이 분주해졌다. 다른 날은 오후가 되면 분위기가 다운되지만 금요일은 달랐다. 퇴근 시간 전에 일을 마치려는 듯 다들 바쁘게 움직였다. 키보드 타이핑 소리도 경쾌하게 들리고 사람들이 왔다 갔다 하는 소리도 리드미컬하게 들렸다. 마치 다가올 주말에 대한 기대로 사무실이 술렁거리는 것 같았다. 5시 반이 지나자 뒤쪽 자리의 최 부장이 말했다.

"슬슬 마무리들 하지. 급한 거 아니면 다음 주에 하고."

최 부장이 왼쪽으로 고개를 돌리며 물었다.

"박 차장, 주간보고는 다 됐어?"

"아, 예. 다 됐습니다. 지금 막 보냈어요."

창가 자리의 박 차장이 고개를 들며 말했다.

"그래? 알겠어."

최 부장이 확인을 하는 듯 컴퓨터 앞에 앉았다. 그리곤 이해가 안 되는 게 있는지 잠시 뒤 박 차장을 불렀다.

"박 차장. 잠깐만."

"아, 예."

박 차장이 벌떡 일어나 달려갔다. 그리곤 둘이서 주고받는 소리가 들렸다.

"이건 뭐야?"

"아, 저번에 지시하셨던 그 사항요."

"화요일 날?"

"예."

"오케이, 오케이."

최 부장이 고개를 끄덕끄덕했다.

"응, 이건 됐고, 됐고, 됐고…. 이대로 보고하면 되겠네. 오케이. 수고했어."

최 부장이 옆에 서 있는 박 차장을 돌아보며 말했다.

"부장님. 이번 주말에도 나가시는 거예요?"

골프채를 휘두르는 동작을 하며 박 차장이 물었다.

"아, 이번에는 채를 새로 바꿨다니까. 일성의 최 사장이 꼭 굳이 가자고 해서 말야. 채가 새거라서 잘될지 모르겠네."

최 부장이 역시 골프를 치는 흉내를 내며 거들먹거렸다.

"부장님 실력이면 채 바뀌었다고 티가 나겠어요? 지난번 스크린 가셨을 때 거기 채 가지고도 잘 치셨잖아요."

박 차장이 함박웃음을 띠며 최 부장에게 말했다.

"야, 내가 구력이 얼만데 골프채 새거라고 헤매겠냐. 그냥 채가 바뀌었으니까 이번에 기록 내기 힘들겠다 그 얘기지."

"역시 부장님."

박 차장이 엄지를 세운 양손을 번쩍 들었다.

"그쵸. 저도 부장님이 잘될지 모르겠다고 하셔서 그럴 리가 없는데 했는데. 역시."

박 차장이 아부를 했다. 그 말에 기분이 좋은 듯 최 부장이 사무실을 둘러보며 말했다.

"뭣들 해? 빨리 마무리하고 들어가. 괜히 시간 넘기지 말고."

박 차장 역시 안을 휘릭 돌아보며 말했다.

"아, 빨리빨리 마무리해. 괜히 시간 오버하지 말고."

박 차장이 자기 자리로 가서 앉다가 옆자리의 정 과장을 돌아보았다.

"정 과장. 이번 주말이 아버님 49재라고 하지 않았어?"

"예. 그래서 주말에 내려갔다 오려고요."

"식구들이랑?"

"아니, 저만요."

"왔다 갔다 힘들면 월요일 날 연차나 반차 써."

"아뇨. 차 없이 혼자 갔다 올 거니까 괜찮아요. KTX 예매했어요."

정 과장이 말했다.

"잘 생각했어. 지방 갔다 오는 덴 KTX가 제일 편해."

최 부장이 끼어들며 알은체를 했다.

"그래? 잘 갔다 오고. 김 대리는 일 남았어?"

박 차장이 날 보며 물었다.

"예. 저는 좀 남았어요. 이것만 마무리하고 들어갈게요."

"그래? 하더라도 오버타임 1시간 넘기지 말고. 요즘 감사 기간인 거 알지? 인사팀 예민하니까 괜히 오버타임으로 한 소리 나오게 하지 마."

"예, 알겠습니다."

내가 박 차장을 향해 고개를 까딱했다.

"현희 씨는 어디 갔어?"

"좀 전에 화장실 가는 거 같던데요. 어? 저기 오네요."

파우치를 손에 든 송현희가 이쪽으로 오고 있는 게 보였다. 박 차장이 가까이 다가오는 송현희에게 물었다.

"현희 씨. 일 마무리했지?"

"예. 오늘 할 건 다 했어요."

"그래 그럼 시간 되면 퇴근 찍고 들어가."

"네. 아, 6시다. 저 먼저 들어가겠습니다."

송현희가 후다닥 자리를 정리하고는 가방을 집어 들었다. 그리곤 칸막이 너머로 내 쪽을 바라보며 물었다.

"대리님은 안 들어가세요?"

"난 마무리할 게 있어서. 먼저 들어가."

"그럼 전 약속이 있어서 먼저 가볼게요."

그 소리에 정 과장이 자리를 정리하다가 물었다.

"약속이라면 데이트?"

마이 리틀 텔레비전 **77**

"금요일이잖아요."

송현희가 혀를 쏙 내밀며 말했다.

"좋을 때다. 현희 씨, 남친이랑 사귄 지 꽤 되지 않았어? 그만 슬슬 결혼하지 그래?"

부장이 콧잔등을 긁으며 말했다.

"안 그래도 집에서 얘기 나오는데 봐서요. 먼저 들어가겠습니다. 주말 잘 보내세요."

송현희가 고개를 꾸벅하고는 사라졌다. 그러자 정 과장이 가방을 들고 일어났다.

"저도 들어가 보겠습니다. 기차 시간이 있어서요."

"그래, 그럼 들어가 봐."

박 차장이 대꾸했다. 최 부장과 박 차장이 함께 나가면서 날 돌아보았다.

"어, 너무 늦지 말고."

"예."

머리를 주억거리며 내가 대답했다. 문 앞에서 박 차장이 최 부장을 돌아보며 물었다.

"부장님. 한잔하실까요?"

"아, 나 낼 약속 있다니까."

"그러니까 저녁 먹으면서 가볍게."

"그럴까."

최 부장이 싱긋 웃었다. 두 사람의 발소리가 복도를 울리며 멀어졌다. 조용한 사무실에 혼자 남아 일을 했다. 6시 50분이 되자 일어서서 자리를 정리했다. 텅 빈 사무실 안을 죽 둘러보고는 조명을 끄고 밖으로 나섰다.

퇴근길의 붐비는 전철에 올라탔다. 흔들리는 전철 안에서 손잡이를 잡고 서서 폰으로 인*그램을 보았다. 코로나 때문에 다들 못 돌아다녀서인지 장소들이 비슷비슷했다. 핫 플레이스가 더 이상 핫 플레이스가 아니었다.

집 근처의 역에서 내려 폰을 보며 통로를 걸었다. 밖으로 나와 시계를 보니 7시 반이 넘어 있었다. 저녁을 어떻게 할까 주위를 둘러보다가 라멘집이 눈에 들어왔다. 라멘집으로 들어가 1인 자리에 앉아 앱으로 주문을 했다. 역 근처에 오피스텔이 많아서인지 라멘집 말고도 1인석이 있는 식당들이 많았다. 게다가 주문도 앱으로 하는 곳들이 많아 편리했다. 라멘이 나올 동안 인*를 뒤졌다. 부장이 인*에 새로 산 골프채를 올렸다. 내일 필드에 나간다. 흥분!!! 이런 글도 올라와 있다. 골프채를 검색해 보니 최저가가 500만 원이 넘는 제품이었다. 비싼 것은 5천만이 넘었다. 허세가 쩐다. 그사이 라멘이 나왔다. 사진을 찍고 나서 젓가락을 쥐고 라멘을 먹기 시작했다. 후루룩 면발을 빨아들이며 다른 직원의 인*를 뒤졌다. 고개를 갸웃했다. 현희 씨의 인*는 퇴근하기 전 데이트 간다는 글 이후로 업데이트가 없었다. 남친을 만났으면 카페든 식당이든 사진을 업데이트했을 텐데 안 된 거 보면 아직 남친을 못 만났나? 인*를 보다 보니 어느새 라멘을 다먹었다. 라멘 맛은 평타. 아까 찍어둔 사진에 맛이랑 분위기에 대한 평가를 적어 인*에 올렸다.

라멘집을 나와 옆의 편의점으로 들어갔다. 바구니를 들고 뒤로 걸어가 냉장고의 문을 열었다. 어떤 게좋을까. 문을 붙잡고 서서 턱을 만졌다. 늦게까지 TV를 볼 거니까 맥주는 식스팩으로 샀다. 안주는 뭐가좋을까. 대충 둘러보고는 손에 잡히는 대로 오징어, 소시지, 컵라면, 나초와 치즈를 바구니에 담았다. 돌아서려다가 아참 하고 다시 생수 4병을 바구니에 집어넣었다. 계산대로 가자 얼굴이 익은 점원이 말했다.

"오늘은 많이 사셨네요?"

"금요일이잖아요."

싱긋 미소를 지었다.

"아, 낼 출근 안 하셔서 좋으시겠어요. 저흰 토욜도
나와야 되는데."

점원이 얼굴을 살짝 찡그렸다. 그가 내민 봉투를 받
아 들고는 돌아서며 인사했다.

"수고하세요."

문을 밀고 편의점을 나왔다.

아파트의 문을 열고 들어섰다. 거실의 조명을 켜자
썰렁한 실내가 눈에 들어왔다. 오디오가 있는 곳으로
성큼성큼 걸어갔다. 전원 버튼을 누르자 데스메탈이
흘러나왔다. 음악 소리에 썰렁한 집이 훈훈해지는 기
분이었다. 콧노래를 흥얼거리며 주방으로 가서 맥주
와 생수, 안주들을 냉장고에 집어넣었다. 옷을 벗어 세
탁물 바구니에 넣고 샤워부스로 들어갔다. 물을 틀어
머리를 감고 몸의 거품을 씻었다. 샤워를 하고 나와
냉장고에서 캔맥주를 하나 꺼내 마셨다. 시원한 맥주
가 목을 타고 넘어갔다. 맥주 캔을 들고 거실의 소파
에 앉아 TV를 켰다. 채널을 이리저리 돌려봐도 볼 만

한 프로그램이 없었다. 볼 게 없네. 시간도 어중간하고. 게임이나 하자. 마시던 맥주 캔을 들고 방으로 들어가 컴퓨터를 켰다. 3개의 모니터 중 가운데 모니터만 켜고 헤드셋을 끼고 게임을 시작했다. 한동안 게임에 열중해 있는데 천장에서 쿵 하고 뭐가 내던져지는 소리가 났다. 반사적으로 위를 쳐다보았다. 이어 고래고래 소리 지르는 남자와 찢어져라 악을 쓰는 여자의 목소리가 들렸다.

"또 시작이네. 또 시작이야. 대체 또 뭐야?"

게임에서 빠져나와 양쪽 옆의 모니터를 켜고 '마이 리틀 텔레비전'이라는 프로그램을 띄웠다. 메인 화면에서 '1102 채널'을 선택했다. 화면에 6개의 창이 떴다. 엘리베이터 CCTV, 복도 CCTV, 거실 CCTV, 스마트폰의 화면, 아기방 CCTV 등 1102호의 모든 화면이 6개의 창에 떠올랐다. 윗집 부부는 거실에서 싸우고 있다. 거실 화면을 메인 모니터에 띄우고, 스마트폰 카메라 화면을 왼쪽 모니터에 띄웠다. 볼륨을 키우자 윗집 부부의 목소리가 들렸다. 거실 한쪽에 식탁 의자가 쓰러져 있다. 아까 '쿵' 하던 소리는 의자를 집어 던지는 소리였던 모양이다.

— 영수 씨 성질 좀 죽여. 그래도 이번엔 돈 나가는 게 아까웠는지 식탁 의자네. 저번에는 노트북 던졌다가 엄청 후회하더니.

피식하며 혼자 소리를 했다. 윗집은 이제 결혼한 지 2년 차인 부부였다. 신혼 때는 툭하면 포르노 찍더니 애를 낳고서는 매일같이 전쟁터다. 갈등의 원인은 육아. 지금도 애 때문에 싸우고 있다. 화면 속의 여자는 잡아먹을 듯한 눈으로 악을 쓰고 있다.

"일찍 들어와 애 좀 봐주면 안 돼? 금욜인데 일찍 안 들어오고 왜 지금 들어와?"

"일하다 늦었다. 나는 좋아서 늦게까지 일하냐."

남자는 억울하다는 듯 가슴을 치고 허공에 주먹을 흔들었다. 남자는 흥분했는지 얼굴이 시뻘게지고 목에 핏줄이 툭툭 불거졌다.

"애 때문에 돈 벌어오느라 늦게 들어온 건데 들어오자마자 짜증 내면 내가 뭐 하러 이렇게 일하냐. 일하지 마? 나도 일 안 하면 애 봐줄 수 있어."

"누가 일하지 말래? 그냥 조금 일찍 들어와서 애 봐달라는 게 잘못된 거야?"

"누가 애 안 본대? 피곤하니까 잠깐만 있다 봐준다

는데 그걸 못 참고 난리야."

"조금 이따 봐줄 거 지금 봐주면 되잖아. 지금 봐주고 이따 쉬면 되지. 왜 꼭 지금 쉬고 이따 봐준다고 하냐고."

"아니 잠깐도 못 쉬어?"

"지금 보던 거 잠깐 더 보는 게 그렇게 힘들어? 힘들고 말고가 아니라 그냥 봐주면 좋잖아. 그 정도도 못 해줘?"

"나도 잠깐이라니까. 그것도 안 돼?"

서로 한 치의 양보도 없이 핏대를 올리며 소리 지르고 있다. 보고 있는 내가 다 귀가 먹먹할 지경이었다. 둘이 고래고래 소리 지르고 싸우는 통에 애가 깨서 울어댔다. 여자가 아기를 달래려는 듯 방으로 획 들어갔다. 남자는 혼자 거실에 남아 식식거리더니 픽 사라졌다. 복도 CCTV를 보자 남자는 집에서 나와 엘리베이터를 타고 내려갔다. 암튼 성질머리들 하고는. 어디 보자. 손으로 탁탁 자판을 두드리자 오른쪽 모니터에 위층 남자의 오늘 동선이 시간별로 떴다. 화면을 클릭하고 확대했다.

— 어이구. 늦게까지 일하고 오셨다더니 6시 칼퇴근

하셨네.

밑으로 스크롤을 했다.

― 전철역 앞의 오케이피시방 가셨네. 그리고 보자. 오케이피시방에서 게임을 하셨네. 저녁도 피시방에서 드시고.

타다닥 자판을 쳐서 결제 내역을 띄웠다. 남자는 세 시간 동안 피시방에 있었다. 불금을 게임으로 태웠다. 저녁은 불닭볶음면을 먹었다.

― 지금은 또 어딜 가셨나?

화면에 위층 남자의 현재 위치가 나왔다. 아파트 단지를 벗어나 움직이던 남자가 어떤 건물로 들어갔다. 그리곤 잠시 뒤 화면에 남자의 결제 정보가 떴다.

― 역시 일관성 있어. 오케이피시방. 그렇게 게임이 좋으면 회사 그만두고 게임 유튜버나 하시지.

왼쪽 모니터에 단지 앞 피시방의 CCTV를 띄우자 남자가 카운터 앞에 서 있는 게 보였다. 남자는 빈자리로 가서 앉았다. 영수 씨의 결제 정보를 띄웠다.

― 어이구 야간 것 끊으셨네. 새벽에나 들어오겠네. 그럼, 정아 씨는 뭐 하시나?

중앙 모니터에 텅 빈 거실이 보였다. 어라? 중앙 모

니터를 아기방으로 돌리자 아기 침대에서 아기는 색색 잠들어 있다. 위층 여자도 피곤했는지 그 옆에 쓰러져 자고 있다. 그걸 그대로 둔 채 오른쪽의 모니터에 정아 씨의 핸드폰 정보를 띄웠다. 움직임이 없다. 종일 집 밖에는 나가지 않았다.

— 정아 씨는 아침부터 뭐 하셨나?

손을 빠르게 움직여 아침부터의 거실 CCTV 영상을 돌렸다. 남편이 출근하자 아기 잠깐 보고는 소파에 앉아 줄곧 TV만 보고 있다. 그리곤 중간중간에 톡 하고 다시 TV. 점심은 컵라면, 저녁은 배달 피자. 아침을 안 먹으니 설거지거리도 없고 청소는 로봇 청소기를 돌리고 잠깐잠깐 아기 보는 거 빼고는 종일 TV 보는 게 다였다.

— 참 나 독박 육아라고 하더니. 이게 뭐야.

영상을 보며 혼자 중얼거렸다. 저걸 보면 결혼하고 싶다는 생각이 싹 사라진다. 핸드폰 목록을 보니 톡은 대부분 친정 식구들과 잡담한 게 전부였다. 밑으로 쭈욱 내리자 마지막에 결제 정보가 떴다. 시간이 영수 씨가 싸우고 나간 뒤였다. 클릭해서 보자 지난주부터 장바구니에 담아두기만 했던 명품백이었다. 영수 씨

성질머리 값 톡톡히 치르겠네. 위층 집은 신혼 때는 툭하면 포르노 찍는다고 보는 재미가 쏠쏠했는데 임신하고 나니까 맨날 싸우고 볼 것도 없다.

머리를 저으며 중앙 모니터에 동네의 CCTV를 띄웠다. 주르륵 훑었다. 이 아파트는 어떻게 젊은 부부들이 별로 없어. 아, 또 신혼부부들이 들어와야지 볼 게 있을 텐데. 동네의 CCTV는 다들 거실에서 TV 보거나, 치킨 뜯거나 하고 있다. 그런데 한쪽에 있는 화면에서 짐을 싸는 듯한 집이 보였다. 그 집을 크게 띄웠다. 이사라도 가는지 거실에 플라스틱 바구니들이 쌓여 있고 주인으로 보이는 여자와 남자가 귀중품으로 보이는 것들을 헝겊에 싸고 있다. 앞으로 그 집에 신혼부부들이 들어왔으면 좋겠다. 그럼 볼 것도 많고 좋을 텐데.

― 다른 사람들은 뭐 하고 있나?

직원들의 위치 정보를 화면에 띄웠다. 최 부장과 박 차장은 집에 있었다.

― 어? 벌써 들어갔어? 오늘은 밥만 먹고 들어갔네?

회사 앞의 CCTV 화면을 키웠다. 둘이 회사에서 나와 감자탕집으로 갔다.

— 또 감자탕집? 지겹지도 않냐? 맨날 감자탕집이야. 보나 마나 또 뼈해장국에 소주겠지.

결제 내역을 띄웠다.

— 어라? 골프채 샀다고 크게 쏘셨네. 사리까지 추가하셨어?

직원들의 위치 정보를 보며 혼자 소리를 했다.

— 최 부장과 박 차장은 집에 있고 정 과장은 내려가고 있고, 어? 현희 씨가 집에 있네?

'내꺼였으면' 채널을 화면에 띄웠다. 중앙 모니터에 텅 빈 거실이 보였다.

— 어라? 어디 갔지?

현희 씨의 휴대폰 마이크의 볼륨을 올리자 물 떨어지는 소리 같은 게 들렸다.

— 아, 샤워하는구나. 오늘 데이트 있다고 했는데 왜 집에 있지?

거실 화면을 왼쪽에 띄워놓고 중앙에 남친과 나눈 메시지들을 띄웠다.

「오빠, 나 퇴근.」

「응. 근데 어떡하냐. 나 갑자기 일 생겼는데.」

「무슨 일인데?」

「아, 몰라. 아버지가 갑자기 뭐 하라고 해서.」

「그럼 어떻게?」

「오늘 힘들 거 같으니까 친구들 만나든지 그래. 내가 이따 상황 봐서 연락할게.」

「일 오래 걸려?」

「어. 암만해도 오늘 끝나긴 힘들 거 같아.」

「오빠. 그럼 늦게까지 하지 말고. 사랑해.」

「응. 나도.」

메시지를 읽고 왼쪽 화면을 쳐다보았다.

— 시간 좀 걸리겠는데. 그나저나 오늘은 또 무슨 일이야?

현희 씨의 남친 민수 씨의 휴대폰 위치를 띄웠다. 이태원에 있는 걸로 나왔다.

— 흥. 이태원은 민수 씨 아버지와는 아무 상관이 없지? 이태원에서는 민수 씨의 아버지가 사업하는 게 없는데, 무슨 일일까?

마우스로 민수 씨의 위치를 확대하자 지도에 ×× 클럽이 나타났다. 휴대폰을 해킹하자 쿵쿵거리는 음악 소리가 들렸다.

— 역시 민수 씨 클럽 참 좋아해. 그러고 보니 현희

씨랑도 클럽에서 만났지. 그땐 강남 클럽이었는데 이번은 이태원이시네.

현희 씨와 나눈 메시지를 보자 원래 만나기로 한 곳은 강남이었다.

— 그치. 안 겹치려고 나름 머리 썼는데. 보자. 민수 씨는 일단 킵.

클럽에서 이동 시 알람이 울리도록 설정을 해놓았다. 그리곤 '똥파리' 채널을 띄웠다. 가운데 화면에 거실의 TV가 보이고 뒤쪽 소파에 박 차장 부부와 애들 넷이 옹기종기 앉아 있다. 또 TV 보는구나. 하여간 이집 식구들은 TV 보는 거 빼곤 하는 게 없다. TV에서 치킨 광고가 나오자 애 하나가 박 차장에게 소리쳤다.

"아빠. 치킨 먹고 싶어. 치킨."

"야, 저번에도 먹었잖아."

소파에 등을 기대고 앉은 박 차장이 심드렁하게 대꾸했다.

"치킨. 치킨."

"그거 너무 먹으면 몸에 안 좋아."

"그래도 먹고 싶어."

아이가 졸랐다.

"치킨? 그럼 너흰 뭐 할래?"

애들 넷을 향해 물었다.

"이번 시험 5등 올릴 거야?"

"응."

"응."

"그래. 그럼. 이걸로 시켜."

박 차장이 주섬주섬 꺼내 내민 것은 쿠폰이었다.

— 뭐야, 또 쿠폰?

회사에서 간식으로 치킨을 시킬 때가 종종 있다. 그때마다 박스는 자기가 버린다고 늘 박 차장이 들고 나갔다. 암튼 볼 때마다 느끼는 거지만 지지리 궁상이다.

"진짜?"

애들이 좋아라 손뼉을 쳤다. 쿠폰으로 서비스 치킨을 시키고는 박 차장은 으쓱거리는 표정이 되었다. 그걸 보며 박 차장의 와이프가 물었다.

"근데 이번 인사 발령 언제 나?"

"보통 다음 달에는 나겠지, 뭐."

"그럼 어떻게 부장님 이사 되는 거야?"

"그 새끼가 뭐 한다고? 그 새끼, 맨날 골프 치고 놀러 다니는 새끼가 깨나 진급하겠다."

박 차장의 목소리가 쩌렁쩌렁 울렸다. 최 부장의 앞에서는 맨날 똥파리처럼 손을 비비고 뒤에 서는 저러고 있다.

"그래도 부장님이 인사 발령 나야지 자기도 부장 될 거 아냐?"

"그렇긴 한데 그 새끼 하는 거 보면 텄어."

"그럼 자기 부장 못 되는 거야?"

"부장 못 되긴 왜 못 돼?"

"부장님이 이사 못 되면 자기도 부장 못 되는 거잖아."

"아, 그 새끼 짤리면 내가 올라가는 거지."

"그렇게 될까?"

"그 새끼 일 못 하는 거 위에서 다 알고 있어. 지금 내가 다 메꿔서 그냥 넘어가는 거지. 어? 좀 있어봐. 위에서 다 아니까 곧 정리돼. 그때까지 난 모른 척하고 있는 거지."

"그럼 자긴 나중에 이사까지 되고?"

"그럼."

박 차장이 가슴을 쭉 펴며 히죽 웃었다. 와이프가

잘됐다는 듯 손뼉을 쳤다. 볼 때마다 느끼는 거지만 어떻게 저 얼굴 보고 애를 넷이나 만들었는지 신기할 따름이다.

— 하긴 저 여자도 어떻게 저런 남자랑 같이 살 생각을 하지?

중얼거리며 턱을 긁었다. 둘 다 신기했다. 초인종이 딩동 울리자 와이프가 쿠폰을 아이에게 내밀었다.

"자, 이거 갖고 가서 받아와."

아이가 신이 나서 쪼르르 달려갔다. 이 집 애들은 치킨 하나만 시켜줘도 저렇게 좋아하나. 하긴 뭐 한 달 가봐야 치킨 하나 구경할까 말까 하니까 저렇게 좋아하겠지.

"치킨 먹자."

박 차장의 말에 애들이 하나씩 손을 들었다.

"난 몸통."

"나도 몸통."

서로 몸통을 먹겠다고 싸운다. 애들한테 퍽퍽한 몸통살을 먹게 습관을 들여놓은 것 같았다. 역시 똥파리.

"내가 큰 거 먹을래."

"내가 먹을래."

애들 넷이 싸우다가 하나씩 움켜쥐고 치킨을 뜯었
다. 한 아이가 먹다 말고 박 차장을 쳐다보았다.

"아빠 안 먹어?"

"응. 난 다리 하나면 돼."

박 차장이 다리 하나를 번쩍 들어 올리며 말했다.
그 모습이 되게 찌질해 보인다. 그리곤 온 가족이 둘
러앉아 맛있게 배달 치킨을 뜯었다. 보다가 재미없어
'%%' 채널을 띄웠다. 중앙 모니터에 정 과장의 핸드
폰을 띄우니 게임을 하고 있다. 옆의 모니터는 폰의
셀카 모드로 전환해 정 과장의 얼굴을 띄웠다.

— 어휴, 여기도 뭐야. 별거 없잖아.

그때 띠링 하며 핸드폰의 화면에 메시지가 떴다. 한
참 게임을 하고 있는데 문자가 오자 정 과장의 얼굴이
일그러졌다. 어, 마누라? 와이프의 문자가 뜨자 인상
을 썼다.

「지금 내려가고 있지?」

「응. KTX 안.」

「몇 시 도착이야?」

「응. 9시 반 도착.」

「오늘 가면 얘기할 거야?」

「뭘?」

「유산 문제. 누나들 어차피 오늘 다 모일 거잖아.」

「봐서. 49재 때문에 가는 거지, 유산 때문에 가는 거 아니잖아.」

「그럼 얘기 안 하면 끝까지 안 할 거야?」

「그거야 자연스럽게 얘기가 나와야지 하는 거지, 내가 뭐라고 해.」

「당신이 그러니까 맨날 누나들한테 휘둘리는 거 아냐.」

「내가 휘둘리긴 뭘 휘둘린다고.」

「몰라. 하여간 이번에 유산 반 못 받아 오면 난 가만 안 있을 거니까 알아서 해.」

「아니 뭘 어떡하라고?」

「아들이니까 반은 받아야 할 거 아냐? 내가 며느리라는 것 땜에 아버님 제사다 반찬이다 얼마나 고생했는데. 반도 못 받을 거면 그 고생 왜 했어?」

— 어이구, 제사 때문에 힘드셨어요? 그것 다 주문해 놓고는, 뭐, 반찬 해서 가셨다고? 시아버지 아파트 앞 반찬 가게에서 사서 들고 가놓고는. 그나마 통이라도 바꾸지. 그것조차 안 하고 반찬 가게서 준 것 그대

로 들고 가놓고서는 뭐가 난리야. 미경 씨도 결혼하더니 독기만 남았어.

의자 등받이에 기댄 머리를 설레설레 저었다.

「그거야 내가 아버지랑 같이 살았으면 법적으로 되는데, 아니잖아.」

「미쳤어? 그거 한 것만으로도 내가 얼마나 힘들었는데 뭐 같이 살았어야 한다고? 내가 그것 들고 거기까지 내려가는 게 얼마나 힘들었는데 안 모시고 살았다고 반을 못 받아? 더 길게 얘기할 거 없어. 무조건 반이야, 어? 확실하게 얘기해. 오늘 얘기 안 하면 집에 못 들어올 줄 알아.」

「그건 이따 가서 봐서 얘기해 볼게.」

「얘기해 보는 게 아니라 그렇게 한다고 하라고.」

「그래도 누나들한테 어떻게 그러냐. 같이 의논해야지.」

정 과장이 곤란한 듯 얼굴을 찡그렸다.

— 그치. 정진우 씨가 깨나 그런 얘기를 하겠다.

손으로 팔걸이를 두드리며 화면 속의 정 과장을 보았다.

「의논이고 나발이고 원래 부모님 제사는 아들이 하

96

니까 아들이 다 가져와야 하는 거 아냐? 딸들이 왜 난리야, 딸들이. 집안일은 며느리인 나한테 다 시켜놓고는 지네는 아무것도 안 하고서는, 뭐? 하여간 그딴 소리 하지 마. 무조건 반이야.」

「아니, 얘기를 해봐야지.」

정 과장이 난처한 듯 얼굴이 일그러졌다.

「오늘 결론 못 내면 집에 들어올 생각하지 마. 이혼이야, 이혼. 그렇게 알아.」

와이프가 획 하고 사라졌다. 정 과장이 핸드폰을 보며 후유, 하고 깊은 한숨을 내쉬었다. 이마에 주름이 깊게 파인다. 그러니까 혼자 살지 결혼은 왜 해? 정 과장이 사는 걸 보면 결혼하고 싶은 생각이 뚝 떨어졌다. 여자들은 결혼하면 왜 돈만 밝히냐. 어휴 참나 아버지 죽어서 내려가는 사람한테 돈 얘기나 하고 참. 잘 돌아가는 집구석이다. 중간에 낀 누구만 죽을 맛이다. 왼쪽 모니터에 오늘 아침에 정 과장이 누나와 나눈 문자를 띄웠다.

「너 오늘 아버지 49잰 거 알지?」

「응. 안 그래도 이따 내려가려고.」

「이따 오면 아버지 유산 마무리 짓자.」

「뭐?」

「정리해야지.」

「뭐 하긴 해야겠지.」

「쓸데없는 긴말 필요 없고 누나들끼리는 n분의 1로 하기로 했으니까 그렇게 알아.」

「아니 그래도 나는 제사도 지내야 하고 또 성묘도 해야 되고.」

「어차피 아버지 여기 선산에 있을 건데 가까이 있는 둘째와 셋째가 관리할 거잖아.」

「그래도 제사.」

「제사는 너만 하냐? 다 같이 모여 할 거 아냐?」

「그래도 준비는.」

「준비할 게 뭐 있어? 요새 다 간단하게 하는데. 쓸데없는 소리 할 거 없고. 모시고 산 자식 없으니까 n분의 1이야. 아버지 계실 때도 둘째와 셋째가 더 자주 가 봤지 네가 자주 가 본 거 아니잖아. 야, 챙기려면 둘째와 셋째를 더 챙겨야지 네가 뭘 했다고?」

「아니 그래도 아버지 계실 때 우리가 반찬도 하고.」

「뭐 뭘 했다고? 야, 네 마누라가 아버지한테 올 때마다 오기 싫어서 인상 팍팍 쓰고 반찬도 가게에서 다

산 거 우리가 모를 줄 아냐?」

「….」

「한번은 둘째가 반찬 가게 갔더니 물어보더란다. 네 마누라가 이 근처 사냐고. 하도 반찬 사러 왔다 갔다 하니까.」

「아, 우리가 제사도.」

「그거 돈 주고 다 시켰잖아. 모름지기 제사 음식이란 게 정성이 들어가야 되는데 넌 이미 거기서 글렀어. 그러니까 아들이라고 쓸데없는 소리 하지 마.」

「알았어. 이따 봐.」

「그래. 이따 그렇게 결론짓는 거다.」

그 말에 정 과장이 난처한 얼굴을 하고 있다.

— 정진우 씨는 여기서도 응, 저기서도 응, 그러니까 맨날 응응이지. 하여간 줏대 없는 인간. 저 누나란 인간들도 정작 아버지 돌아가실 때는 혼자 내버려뒀으면서. 하여간 자식 낳아봐야 다 소용없어요. 무자식 상팔자야. 그나저나 최 부장은 뭐 하나?

중앙 모니터에 '미친개' 채널을 띄웠다. 거실에서 최 부장이 중학생 아들의 따귀를 올려붙이고 있다.

어, 뭐야? 신이 나서 거실의 화면을 확대했다. 왼쪽

화면의 휴대폰의 볼륨을 최고로 올렸다.

"넌 새끼야. 어? 학원을 빼먹어?"

얼굴이 울긋불긋해진 최 부장의 옆에 마누라가 서 있다.

"여보. 여보. 진정해요."

마누라가 말릴 틈도 없이 다시 최 부장이 싸대기를 올려붙인다.

"너 이 새끼야. 아직도 정신을 못 차려."

최 부장은 분에 못 이긴 듯 식식거리며 계속 아들의 싸대기를 올려붙였다. 아이의 얼굴이 이쪽저쪽으로 픽픽 돌아갔다. 점점 재미있어지려고 한다. 의자에 기대앉으며 앞에 놓인 팝콘 봉지를 뜯었다. 아이구, 그러다 애 잡겠네. 잡겠어. 최 부장은 계속 얼굴에 연타를 날리고 아이가 비틀하자 발로 걸어찼다. 아이가 순간 바닥으로 나동그라졌다. 그걸 보고는 최 부장이 돌아서더니 식식거리며 골프채가 있는 곳으로 걸어갔다. 순간 멈칫하더니 주위를 휘둘러보며 뭔가를 찾는 듯 두리번거렸다.

— 어이구, 새로 산 골프채는 아까우신가 봐. 지난번은 재떨이도 깨먹고.

최 부장의 눈길을 따라 거실을 휘둘러보았다. 사모님, 오늘은 동작 빠르시네. 때릴 만한 건 다 치우셨어. 재떨이도 없고, 휴지통도 안 보이고. 장식장 안의 술병도 치웠는지 안 보였다. 때릴 만한 게 없자 최 부장은 식식거리며 다시 골프채를 바라보았다.

— 왜? 저번처럼 골프채 들고 패지 그래? 아이구, 낼 또 라운딩 있다고 못 하시네.

애가 비칠비칠 일어서자 최 부장은 식식거리며 되돌아가 주먹으로 아이의 얼굴을 후려갈겼다.

— 죽여라, 죽여.

팝콘을 와그작와그작 씹으며 소리쳤다.

"네가 이래서 인간 구실 할 수 있을 것 같아? 넌 공부가 장난이야? 인생이 장난이야?"

최 부장이 고래고래 소리를 질렀다. 그새 아이의 얼굴이 팅팅 부어올랐다.

"너 땐 공부만 하면 돼. 그것 하나만 하면 돼. 그것도 못하면 너 나중에 커서 어떡할 거야?"

"…"

"지금 세상이 얼마나 경쟁이 심한 줄 알아? 이 아빠는 나가서 돈 벌어오느라고 회사에서 잠시도 숨도 못 쉬고 사람들 눈치 보고. 변화에 따라가느라고 악을 쓰는데. 너는 학교에서 그거 공부하는 거 하나 제대로 못 하고. 뭐? 친구들이랑 노느라고 학원을 빼먹어? 이런 미친 새끼가."

다시 따악 소리를 내며 얼굴을 후려갈긴다. 흥분했는지 인정사정 보지 않고 주먹과 다리로 애를 사정없이 팼다. 옆에서 마누라가 쩔쩔매며 말리고 있다.

"여보. 여보. 저번에 다친 데 낫지도 않았는데."

"맞을 짓을 했으면 맞아야지. 네가 다쳐서 덜 아물었으면 정신을 차려야 될 거 아냐. 근데 아직 정신 못 차리고 놀고 있으면 너 같은 새끼는 죽어야 돼. 죽어."

다시 사정없이 발길질을 한다. 마누라가 손을 허우적거리며 최 부장을 말린다.

"여보. 여보. 낼 약속도 있으니까 너무 흥분하지 말고. 야, 너 빨리 잘못했다고 얘기 안 해?"

아이가 바닥에 꿇어앉아 손을 싹싹 빌었다.

"아빠. 잘못했어요. 잘못했어요."

"너 한 번만 더 이랬다가는 너 진짜 내 손에 죽을 줄 알아."

최 부장이 양팔을 짚고 서서 아이를 내려다보았다.

아직도 분에 못 이긴 듯 식식거리고 있는데 마누라가 아이의 등을 떠밀었다.

"너 얼른 방에 들어가서 공부해."

최 부장이 아이의 등을 쏘아보며 소파로 가서 털썩 주저앉았다.

"뭐해! 술 가져와."

와이프를 향해 빽 하고 소리를 질렀다.

— 어휴, 저 미친개.

벌건 얼굴로 양주를 벌컥거리는 최 부장을 보며 중얼거렸다. 이제 마무리가 된 것 같았다.

— 언제부터 시작했지?

타다닥 자판을 두드렸다. 계속 녹화되고 있으니까 아까 놓친 부분을 찾았다.

— 뭐, 15분밖에 안 됐네.

화면에서 최 부장이 따귀를 올려붙이자 애의 얼굴이 픽 돌아갔다. 팝콘을 씹으며 소리쳤다.

— 역시 처음 시작은 싸다구야.

이번에는 최 부장이 반대쪽의 따귀를 올려붙였다. 그걸 보며 소리쳤다.

— 오, 양 싸다구.

그래도 분이 안 풀렸는지 최 부장은 연속해서 따귀를 올려붙였다.

　— 와 4싸따구. 기록이다. 기록.

　소리치며 박수를 쳤다. 입에 팝콘을 던졌다.

　— 갈수록 스킬이 늘어나는데. 지난번 다친 갈비뼈를 또 때리셨어?

　그 후에도 최 부장의 폭행은 계속되었다. 팝콘을 와작와작 씹으며 머리를 갸웃했다.

　— 쟤 지난번 갈비뼈 나간 거 아직 안 나은 것 같은데? 또 두들겨 패면 쟤 또 도질 건데.

　중계방송을 보듯 흥분해서 팔을 흔들었다.

　— 이제 현희 씨는 샤워 다 했나?

　'내꺼였으면' 채널을 왼쪽에 띄웠다. 머리에 수건을 두르고 목욕가운을 걸친 송현희가 소파에 앉아 캔맥주를 홀짝이고 있다. 표정이 부루퉁하다. 한 모금을 들이켠 뒤 휴, 하고 한숨을 내쉰다.

　— 좀 취해야지 뭐가 보일 건데. 이제 먹기 시작했으면 취하기까지 시간 좀 걸리겠다.

　그 순간 알람이 울리기 시작했다. 어, 왔다! 중앙 모니터에 '라이브 채널'을 띄웠다. 핸드폰이 주머니에 있는지 화면은 보이지 않고 소리만 들렸다.

"어디 갈까?"

클럽을 나오며 민수 씨가 소리친다.

— 아씨. 호텔 가 호텔.

나도 모르게 중얼거렸다. 빨리 일이나 치르지.

"오빠. 2차 가야지, 2차."

"그래? 그럼 오빠 잘 가는 바 있는데 거기 갈까?"

"응."

여자가 고개를 끄덕끄덕했다. 누구지? 여자의 핸드
폰을 찾아 해킹했다. 여자들의 폰은 해킹하기가 쉽다.
보안 프로그램을 안 깐다. 화면에 여자의 인*, 페이스
북 등의 계정이 주르륵 떴다. 인* 사진을 보니 현희가
밀리겠네. 아우 민수 씨, 이번엔 제대로 잡았는데. 여
자는 아직 대학생이다.

— 현희야, 너 어떡하냐. 큰일 났다.

"너 오늘 오빠만 믿어. 내가 풀로 다 모실 테니까."

"정말? 그럼 나 오늘 ×× 가도 돼?"

"거기 남산 호텔 스카이라운지?"

"응. 나 거기 한 번도 못 가봤는데."

"그래, 그래. 알았어. 오빠가 데려갈게."

"오빠. 최고."

둘이서 시끄럽게 떠들며 차를 타고 사라졌다. 신났네. 여자는 벌써 인*까지 올렸다. '나 어디 가는 중.'

— 현희야, 너 어떡하냐.

민수 씨 패턴을 보면 새벽 2시쯤 라이브 보면 되겠네. 알람을 설정해 놓고 빠져나왔다. 그럼 그때까지 뭐 하나? 그래, 베스트 영상이나 볼까. 베스트 모음집을 클릭하자 3개의 모니터에 영상이 주르륵 떴다. 중앙 화면에는 키스하는 현희와 민수의 모습이 나왔다. 민수가 현희의 옷을 하나씩 벗기고 있다.

— 민수 씨는 참 좋은 취미를 가지고 있단 말야. 여자랑 할 때마다 촬영을 해. 물론 나야 좋지. 그러니까 이렇게 느긋하게 감상할 수 있는 거 아냐?

현희의 브라가 바닥에 떨어지는 순간 왼쪽 모니터에서 짜악 하는 소리가 울렸다. 미친개가 아들의 뺨을 때리자 머리가 픽하고 돌아갔다. 아들의 입술이 찢어지며 붉은 피가 흐른다. 흥분한 미친개가 바로 골프채를 집어 들고는 애를 미친 듯 패기 시작했다. 픽픽 울리는 소리와 함께 죽어! 너 같은 새끼는 죽어! 라고 소리 지르고 있다. 옆에서 여자가 소리를 지른다. 여보,

그러다 애 죽어요. 비켜. 엇나가게 휘두른 골프채가 부러진다. 미친개는 분을 못 참고 발로 아이를 밟아낸다. 여자가 미친개의 셔츠를 잡고 늘어진다. 여보, 제발. 여보. 아빠, 잘못했어요. 애원하는 소리가 모니터 가득 울리다가 잠잠해진다. 아이가 거품을 물고 쓰러진다.

그때 오른쪽의 모니터에서 픽하고 바람 새는 소리가 들리며 어떤 노인이 나타난다. 노인의 얼굴이 하얗게 질리며 일그러진다. 어어어. 노인은 가쁜 숨소리를 내며 앞으로 내민 팔을 허우적거린다. 꺽꺽 소리를 내던 노인이 가슴을 움켜쥐며 거실 바닥에 쓰러졌다. 노인은 부들부들 떨며 탁자를 향해 한쪽 팔을 뻗었다. 지, 진우… 순간 노인의 몸이 축 늘어졌다.

상규야, 정신 차려봐. 왼쪽 모니터에서 여자가 기절한 애를 붙잡고 소리 지른다. 중앙 모니터의 여자와 남자는 이제 절정으로 치닫고 있다. 덜컹거리는 침대, 가쁜 숨소리, 여자의 흐느낌이 화면 속에 가득 찬다. 마이 리틀 텔레비전의 베스트 영상 모음집은 오늘도 어김없이 원픽이다.

물

자다가 눈을 번쩍 떴다. 벽 너머에서 귀청이 떨어져라 알람소리가 울려 퍼졌다. 이 새끼가 아침부터. 옆방의 벽을 발로 찼다. 순간 알람소리가 뚝 끊겼다. 손으로 더듬더듬 매트리스 위를 더듬거렸다. 핸드폰이 잡혔다. 눈을 비비며 시간을 보았다. 10시.

다시 자려고 눈을 감았지만 잠이 오지 않았다. 매트리스 위를 더듬어 담배를 찾아 물었다. 옆에 굴러다니는 라이터로 불을 붙여 연기를 빨아들였다. 머리가 핑 돌았다. 기분이 좋아졌다. 팔베개를 한 채 누워 담배 연기를 뱉고 있는데 슬리퍼를 끄는 소리가 나고 누가 방문을 쾅쾅 두드렸다.

"또 방에서 담배 펴요?"

총무의 목소리가 들렸다. 못 들은 척했다.

"피려면 나가서 펴요. 대체 몇 번이에요."

대꾸가 없자 목소리가 점점 커졌다.

"야야, 나가서 피면 될 거 아냐."

소리를 지르며 벌떡 몸을 일으켰다. 바닥을 휘저어 슬리퍼를 찾아 신었다. 질질 끌고 방을 나섰다. 복도에 있던 총무가 곱지 않은 눈으로 쳐다봤지만 무시했다. 계단을 올라가 옥상으로 향했다. 칠이 벗겨진 옥상의 문은 언제나 열려 있다. 옥상의 물탱크 옆에 쭈그리고 앉아 담배를 피웠다. 찬바람이 얼굴을 때렸다. 잠깐 있는데 몸이 오들오들 떨렸다. 어깨를 부르르 떨며 안으로 뛰어들었다. 옥상 문 옆의 층계참에서 담배를 피우고는 꽁초를 구석에 휙 집어 던졌다.

손을 비비며 계단을 내려왔다. 목이 칼칼해서 물이나 마시려고 식당에 들어갔다. 정수기의 물을 따라 마시다가 식탁 위의 컵라면이 눈에 띄었다. 위에 젓가락이 얹어져 있다. 뚜껑을 들추자 물이 부어져 있다. 젓가락으로 휘휘 젓자 컵라면은 마침 먹기 좋게 익었다. 주위를 둘러봤다. 썰렁한 식당 안에는 아무도 없었다. 주인 없는 거네? 중얼거리며 컵라면을 들고 먹기 시작했다. 고개를 숙인 채 후룩후룩 먹고 있는데 뒤에서 발소리가 났다.

"아, 왜 남의 거 먹어요?"

고함소리에 쳐다보자 옆방의 애송이가 눈에 쌍심지를 켜고 있다.

"뭐?"

"아저씨 왜 남의 거 먹냐고요?"

"뭐, 왜?"

라면을 후루룩거리며 보자 애송이가 식식거렸다.

"아저씨, 그 라면요."

"뭐 이거?"

"내가 물 부어놓고 화장실 간 건데."

"그럼 옆에 있어야지, 왜 놔두고 가?"

"에에?"

녀석이 기가 차다는 듯 쳐다봤다.

"아니 물 부어놓고 젓가락 얹어두었으면 주인 있는 건 줄 알아야지…."

"그니까 자리 비니까 사람 없는 줄 알고 먹는 거지."

"그게 어떻게…."

"자, 자. 그래 먹어, 먹어. 내 참 더러워서. 별거 아닌 거 갖고 지랄이야."

컵라면을 턱 내려놓고 추리닝의 바지 속에서 담배

를 꺼내 물었다. 지나가던 총무가 그걸 보더니 입구에
멈춰 섰다.

"아, 아저씨, 여기서 담배 피우면 어떡해요?"

"뭐, 이게 네 집이야?"

버럭 하자 총무가 인상을 쓰며 식당 안으로 쫓아 들
어왔다.

"아저씨, 또 안에서 담배 피면 어떡하냐고."

"아, 새끼들 되게 지랄이네."

입에 담배를 문 채 핑 하니 나와버렸다. 계단을 내려
와 고시원의 출입문 앞에서 담배를 태웠다. 찬바람에
다리가 덜덜 떨렸다. 손이 시려 라이터의 불을 켜 쬐었
다. 잠시 후 옆방 애가 가방을 메고 계단을 내려왔다.
문 앞에 서 있는 날 힐끔 봤다.

"이 새끼가 어디서 째려봐."

녀석이 계단을 두 칸씩 뛰어내렸다.

"야, 안 서, 안 서?"

소리치며 녀석의 뒤통수에 담배꽁초를 집어 던졌다.
꽁초는 녀석을 못 맞추고 그냥 땅에 떨어졌다. 녀석은
뒤도 안 보고 픽 가버렸다. 하참, 재수 없는 새끼. 길바
닥에 침을 뱉은 뒤 고시원의 계단을 올라갔다. 손으로

배를 문질렀다. 성질을 냈더니 배가 고팠다. 다시 식당으로 되돌아갔다. 안에 아무도 없었다. 밥솥을 열어보니 밥이 있었다. 공기에 밥을 퍼서 식탁에 내려놓고 냉장고의 문을 열었다. 안에 반찬통과 비닐봉지들이 가득 차 있었다. 누가 매직으로 봉지 위에 이름을 휘갈겨 놨다. 웃기네. 아무렇게나 반찬통을 꺼내 와 식탁에 놓고 먹었다. 밥 한 공기를 뚝딱 비우고는 물로 입을 헹궜다. 끄윽. 잘 먹었다. 식후 담배 생각에 주머니에서 담배를 꺼내고 있는데 입구 쪽에서 총무가 얼씬거렸다. 그리곤 이쪽을 휙 쳐다봤다.

"알았어. 나가서 피면 될 거 아냐."

입에 담배를 문 채 식당을 나왔다. 출입문 앞에서 담배를 피며 핸드폰을 보았다. 코인 대화방에 들어갔다. 누군 얼마 빠졌다, 어제 마누라가 이혼하자고 하더라, 난 집에서 쫓겨난 지 몇 달이다 등등 실없이 떠들고 있었다. 떠들고 있던 인간 하나가 내게 물었다. ○○님은 어떠세요? 걍 실업급여 받고 있죠, 뭐. 잠시 후 하나씩 존버! 존버! 외치며 방을 빠져나갔다.

어슬렁어슬렁 방으로 오다가 애송이의 방문 앞에 멈춰 섰다. 싸가지 없는 새끼. 발로 문을 뻥 찼다. 문이 덜컹 하고 열렸다. 복도를 훑고는 열린 방으로 쑥 들어갔다. 방에 서서 엿 먹일 게 없을까 싶어 안을 두리번거렸다. 내 방과 똑같은 손바닥만 한 방이다. 벽 앞의 일인용 매트리스와 뒤쪽의 TV와 책상, 벽의 옷걸이, 그게 다다.

휘둘러보고 있는 눈에 바닥에 떨어져 있는 지갑이 보였다. 얼른 쭈그려 앉아 지갑을 집었다. 안에 만 원짜리 하나와 천 원짜리 몇 개가 들어 있다. 돈을 꺼내 추리닝 바지에 쑤셔 넣고는 지갑은 바닥에 던졌다. 히히. 웃음이 터졌다. 하, 새끼. 싸가지 있었으면 이런 꼴 안 당했을 거 아냐.

방에서 점퍼를 걸치고 나와 피시방으로 향했다. 12월의 칼바람이 얼굴을 때렸다. 몸을 오그려 붙이고 재게 걸었다. 피시방으로 들어가자 바닥을 쓸고 있던 알바가 얼굴을 찌푸렸다. 카운터로 가자 알바가 못 본 척했다.

"야, 자리 줘."

"아저씨는 선불."

"아, 새끼가 하여간."

얼굴을 구기며 만 원짜리를 툭 던졌다.

"야, 시간은?"

"알아서 해줄게요."

알바가 건성건성 대꾸했다.

"야, 야간 풀."

치워준 자리를 찾아 앉았다. 오랜만에 하는 거라 기분이 들떴다. 게임이 뜨기를 기다리며 손을 비볐다.

알람소리에 또 잠이 깼다. 부아가 치밀어 발로 벽을 걷어찼다. 알람소리가 뚝 끊겼다. 매일같이 저놈의 알람소리에 늦게까지 잘 수도 없었다. 하, 새끼. 뭐라고 해도 들은 척도 안 했다. 저걸 어떻게 엿을 먹이나. 베개 옆을 더듬거려 라이터를 집었다. 일어나자마자 담배를 피워 무는 통에 방 안의 여기저기에 라이터가 널려 있다. 누워 천장을 향해 담배연기를 뿜는데 밖에서 총무의 새된 소리가 났다.

"아, 또 안에서 담배 피워요?"

"안 핀다. 안 펴."

소리를 버럭 지르고는 주섬주섬 일어나 추리닝 바지에 담배를 쑤셔 넣었다. 복도에 있던 총무가 눈을 찌푸렸다. 지나가며 나도 눈을 부라렸다.

"하, 새끼. 내가 코인 아니었으면 이런 데 있을 사람이 아냐. 알아?"

총무가 고개를 홱 돌렸다. 어디서? 같잖은 것들이. 슬쩍 뒤를 봤다. 총무 녀석이 안 보였다. 캭, 퉤. 복도에 침을 뱉고는 계단을 올라갔다. 옥상 문 앞에서 바깥을 휙 보고는 그냥 계단참에서 담배를 피웠다. 옥상 문 앞으로 찬바람이 휘휘 몰아쳤다. 덜덜 떨며 담배를 빨았다. 잠 정신에 점퍼도 못 걸치고 나와 추웠다. 피고 남은 꽁초를 구석에 던지고 내려왔다.

식당으로 들어갔다. 밥솥에서 밥을 퍼놓고 냉장고를 뒤졌다. 평소 반찬이 들어차 있던 냉장고인데 오늘따라 텅텅 비어 있다. 구석에서 반찬통을 하나 찾아 꺼내보니 쉬어터진 김치뿐이었다. 라면이라도 없나 하고 찬장을 뒤져봐도 아무것도 없었다. 그때 식당으로 총무가 들어왔다.

"아, 반찬이나 라면 같은 거 없냐?"

"우리 그런 거 없어요."

퉁명스러운 대답이 돌아왔다.

"어떻게 고시원비를 한 달에 얼마를 받는데 그런 것도 하나 없고. 아씨, 어디는 김치 준다고 하고, 또 어디는 라면 같은 것도 준다는데."

툴툴대며 총무를 돌아봤다.

"그럼 그리 가요."

총무가 빤히 보며 눈을 데굴거렸다. 녀석은 내가 불평하는 게 한두 번이 아니라는 듯 상대도 해주지 않았다.

"아, 딴 데는 라면도 주고 김치도 준다고."

"그럼 그리 가든지."

녀석이 비아냥거렸다. 내가 그런 데 갈 돈이 없다는 걸 뻔히 알고 있다는 듯 계속 이죽거렸다.

"에이, 쌍. 내가 진짜 옮기든지 해야지."

담배를 꺼내 무는데 총무가 버럭 했다.

"아, 또 담배 피려고? 나가요."

녀석이 내 팔을 잡았다. 그걸 뿌리쳤다.

"내가 코인만 아니었으면 여기서 너 같은 놈하고 얘기도 안 해."

"아, 네에."

"얀마, 내가 누군 줄 알아? 야, 그 코인 다시 오르기만 하면은 내가 이 건물 다 사서 너 모가지 자를 거야. 알았어?"

"알았으니까 나가요, 나가."

녀석이 또 시작이네 하는 표정으로 콧방귀를 뀌었다. 열이 있는 대로 뻗쳐 식식대며 밖으로 나왔다. 라이터를 찾아 주머니를 뒤적거리고 있는데 천 원짜리 몇 개가 잡혔다. 뭐지? 아, 그 새끼. 어제 옆방의 지갑을 턴 게 떠올랐다. 알람소리에 복수를 했다는 생각에 빙그레 웃음이 나왔다. 잘됐다. 라면이나 사 오자. 고시원 건너편의 편의점으로 가서 라면을 샀다. 식당에서 라면을 끓여 먹은 뒤 습관처럼 담배를 꺼내 물다가 총무와 눈이 마주쳤다. 슬슬 눈치를 보며 옥상으로 걸음을 떼었다. 밖이 추워 나가지 않고 계단참에서 담배를 피우고는 꽁초를 던졌다. 방으로 가면서 옆방의 문을 발로 툭 찼다. 잠겨 있다. 새끼, 어제 당했다고 문단속하고 다니네. 또 언제 한 번 걸려라. 키들거리며 방으로 들어가 매트리스에 누웠다. 핸드폰을 뒤적거리다가 스르르 잠이 들었다.

바깥의 웅성거리는 소리에 일어났다. 무슨 일인가 해서 밖으로 나갔다. 매캐한 냄새가 났다. 계단 앞에 사람들이 웅성거리고 있었다. 층계에는 물이 흥건했다. 목을 빼서 계단 위를 보다가 옆의 사람에게 물었다.

"뭐요?"

"불났대. 옥상에서."

"에에?"

그때 쓰레기통을 든 총무가 쿵쿵쿵 계단을 내려왔다. 날 힐끗 보더니 물었다.

"아저씨, 옥상에서 담배 안 피웠어요?"

"나 옥상 안 갔어."

무슨 소리냐는 듯 고개를 저었다.

"어떤 놈이 옥상에서 담배 펴서 불을 내. 계단참에 수북하게 꽁초 떨어져 있으니까 불나지. 나참."

얼굴에 재가 묻은 총무가 식식거렸다.

"어떤 놈인지 잡히기만 해봐라. 하필 CCTV 없는 데서. 아저씨가 핀 거 아니죠?"

다시 날 힐끔 봤다.

"나 안 올라갔다니까. 나 옥상 안 가."

고개를 젓는데 총무의 눈이 내가 물고 있는 담배를 보고 있다.

"담배 밖에서 펴요."

"나가서 피면 되잖아, 나가서."

버럭 하고는 등을 돌렸다. 무심코 발이 계단 위로

향하려다가 멈칫했다. 뒤통수로 총무의 눈길이 느껴졌다. 슬쩍 몸을 돌려 계단 아래로 내려갔다. 출입문 앞에서 덜덜 떨며 담배를 피웠다. 시간이나 때우려고 코인 대화방에 들어갔더니 오늘은 한 놈도 없었다. 어째 다들 먹고살기 힘든 모양이었다. 이렇게 풍비박산 날 거였으면 규제를 하거나 했어야 하는 거 아냐. 조또. 개인의 일탈 어쩌고 하는 것들의 주둥이를 찢어놓고 싶었다. 휴대폰을 주머니에 쑤셔 넣으며 담배연기를 뿜었다. 흥, 그런다고 내가 팔 줄 알아? 오르기만 해봐라. 이까짓 건물 몇 채는 산다. 고시원의 건물을 향해 꽁초를 날렸다.

또 옆방의 알람소리에 깼다. 벽을 발로 쾅 찼다. 매트리스에 누워 담배연기를 뿜는데 복도에서 총무가 지랄하는 소리가 들렸다. 부스스 일어나 슬리퍼를 끌고 밖으로 나갔다. 계단을 올라가려는데 뒤에서 인기척이 났다.

"아, 아저씨. 옥상 가?"

총무가 고개를 빼고 이쪽을 보고 있다.

"내려가. 내려가."

투덜거리며 몸을 돌렸다. 지난번 옥상에서 불이 난 뒤로 담배 피러 나가면 옥상으로 가나 안 가나 지켜본다. 새끼. 욕을 하며 아래로 내려갔다. 고시원의 입구에서 담배를 피는데 문이 벌컥 열렸다. 돌아보자 옆방 애가 나오면서 째려보고 지나갔다.

"야, 새꺄. 너, 뭐? 왜 째려봐."

소리를 질렀지만 들은 척도 안 했다.

"야, 서. 안 서?"

뒤통수에 대고 욕을 해도 돌아보지도 않았다. 녀석에게 담배꽁초를 집어 던지고 올라갔다. 출출해서 식당으로 갔다. 밥을 푸고 나서 냉장고를 열었다. 근데 안이 또 텅텅 비어 있다. 오늘은 쉬어터진 김치도 없었다. 냉장고의 문을 닫지도 않고 추리닝의 바지를 뒤졌지만 아무것도 없었다. 실업 급여가 나오려면 며칠이 남았다. 식탁 위의 밥을 보니 그새 식어 있다. 투덜투덜 식당을 나왔다.

매트리스에 누워 휴대폰을 집어 들었다. 돈도 없고 할 수 없이 코인을 조금 팔려고 내놓았다. 한창 때는 몇백, 몇천도 금세 팔렸는데, 지금은 몇 만원도 사는 사람이 없었다. 팔릴 때까지 기다리는 수밖에 없었다.

휴대폰으로 뉴스를 훑다가 하품을 늘어지게 했다. 어디서 사고가 났고 누가 죽었고 맨 쓰잘데기 없는 얘기뿐이었다. 코인이 다시 오른다는 소식은 눈 씻고 찾아봐도 없었다. 지랄이네. 휴대폰을 옆에 던져두고 팔베개를 했다. 누워 데굴거리는데 책상 위의 두루마리 휴지와 라이터가 눈에 띄었다. 휴지 한 칸을 뜯어 불을 붙였다. 후루루 타 없어졌다. 키키키. 재미있네. 한 칸을 다시 떼어 불을 붙였다. 순식간에 타 없어지는 게 재미있어 그 짓을 계속했다.

발소리가 나더니 누가 문을 두드렸다.

"방에서 지금 담배 펴요?"

총무 녀석이 쨍쨍거렸다.

"아, 안 펴."

소리를 냅다 질렀다.

"뭐, 타는 냄새 나는데."

"안 핀다고."

"안에서 담배 피지 말라고 몇 번이나 얘기했어요?"

그때 휴대폰으로 코인이 팔렸다는 연락이 왔다. 후다닥 일어나 위에 점퍼를 걸쳤다. 그리곤 문을 쾅 소리나게 열었다. 총무가 놀라 뒤로 펄쩍 뛰며 물러났다.

"아씨, 안 폈다니까."

"근데 왜 타는 냄새가 나지?"

총무가 내 방에 고개를 디밀고 코를 벌름거렸다.

"이 새끼가 아무것도 안 한 사람을 의심하고 그래, 안 폈다고."

녀석을 밀치고 문을 쾅 소리 나게 닫았다. 걸음을 빨리해서 복도를 걸었다. 고시원을 나와 근처의 ATM 기계로 갔다. 일단 돈을 찾아 밥부터 먹기로 했다. 통장에 들어온 돈을 모두 꺼내 지갑에 넣었다. 그리곤 건너편의 순댓국집으로 향했다.

이쑤시개로 이빨을 쑤시며 피시방으로 들어갔다. 돈이 없어 며칠 못 왔다. 알바가 못 본 척해서 큰 소리로 불렀다.

"야, 자리 줘."

"선불요."

알바가 카운터로 와서 말했다.

"어린놈의 새끼가 돈만 밝히고. 너 그래서 뭐 될래?"

돈을 내려놓으며 구시렁거렸다. 알바가 들은 척도 안 했다. 하여튼 알바 새끼들은 하나같이 싸가지가 없다. 여기 알바 놈이나 고시원의 알바 새끼나. 투덜거리며 자리로 갔다. 게임 화면이 뜨기를 기다리며 몸이 근질거렸다. 오늘은 돈 좀 있으니까 아이템 강화나 해볼까. 키키. 좀이 쑤셨다. 운이 좋으면 몇백까지 올릴 수가 있다. 아이템 박스를 샀다. 열어 보기 전에 손을 모아 쥐고 제발, 제발 하고 외쳤다. 두근두근하며 박스를 열었다. 아, 씨바. 실패. 후루룩 아이템이 사라져 버렸다. 아, 니미. 떠들어대고 있는데 옆 사람이 시끄럽다는 듯 힐끔 봤다. 그러든 말든 계속 구시렁거렸다. 날밤 까며 게임을 하고는 새벽녘에 일어섰다. 돌아갈 때 편의점에 들러 소주와 라면을 샀다.

또 옆방의 알람소리에 억지로 깼다. 욕을 바가지로 하며 벽을 찼다. 누워 담배를 피는데 밖에서 총무의 고함소리가 들렸다. 아, 씨발놈 하루도 안 거르네. 이 새끼나, 저 새끼나. 옆방을 노려보며 슬리퍼를 꿰고 복도로 나왔다. 총무 녀석이 계단 위에서 눈을 부라리고 있다. 그대로 아래로 내려갔다.

고시원의 입구에서 빽빽 담배를 피고 있는데 옆방 애가 후다닥 뛰어나왔다. 바쁜 듯 한달음에 사라졌다. 새끼. 늦어서 알바나 짤려버려라. 꽁초를 바닥에 튕기고는 고시원으로 들어갔다. 식당에서 밥을 먹고 방으로 가다가 옆방의 문을 발로 툭 차는데 문이 스륵 열렸다. 주위를 돌아보고는 쑥 들어갔다. 살며시 문을 닫았다. 뭐 털어 갈 게 없나 두리번거리는데 책상 위의 반찬통이 보였다. 하, 새끼가. 사람이 먹으면 얼마나 먹는다고 반찬통을 방에 갖다 두고. 뚜껑을 열고 콩자반을 손으로 집어 쩝쩝거리며 먹었다.

　손을 닦으며 돌아서는데 갑자기 어디선가 휴대폰의 벨소리가 들렸다.

"뭐야?"

　놀라 쳐다보니 매트리스의 이불자락 옆으로 핸드폰이 떨어져 있었다. 그게 울리는 소리였다. 얼른 핸드폰을 집어 들고 전원 버튼을 눌러 꺼버렸다. 애송이의 휴대폰이 틀림없었다. 이제 녀석을 제대로 엿 먹일 수가 있다. 너 한번 골탕 좀 먹어봐라, 새끼. 휴대폰을 주머니에 쑤셔 넣고 반찬통을 들고 바로 내 방으로 건너왔다. 반찬통은 책상에 두고 매트리스에 털썩 앉아 녀석의 휴대폰을 보며 히히거렸다. 내 폰으로 주운 휴대폰 파는 방법을 검색했다. 택시기사 어쩌고 하며 주르륵 떴다. 거기 나와 있는 번호로 전화를 걸었다. 바로 약속을 잡고 점퍼를 걸치고 고시원을 빠져나왔다.

남자와는 길에서 만났다. 휴대폰을 건네주자 바로
돈을 주었다. 받은 돈을 주머니에 구겨 넣고 골목 안
쪽의 순댓국집을 향해 걸었다. 거리에 싸늘한 바람이
불고 있다. 하늘도 찌뿌둥한 게 곧 눈발이라도 뿌릴
것처럼 우중충했다. 순댓국집의 문을 드르륵 열고 들
어갔다. 카운터의 여자는 볼 때마다 휴대폰에 정신이
팔려 있다. 문을 열고 들어서는데 어서 오라는 소리도
없었다. 자리에 앉아 여자를 향해 소리를 질렀다.

"여기 순댓국하고 수육 하나. 소주도."

음식이 나오기를 기다리며 받은 돈을 세었다. 킬킬
킬 웃음이 나왔다. 그래, 핸드폰 실컷 찾아봐라. 나오
나. 여자가 김이 펄펄 나는 순댓국하고 수육을 가져다
주었다. 수육을 안주 삼아 소주를 마셨다. 오랜만이라
입에 착착 감겼다.

식당에서 나와 휘청휘청하며 골목을 따라 내려갔다.
알딸딸하게 취해서 피시방으로 향했다. 카운터로 가
서 돈을 내려놓았다.

"야, 자리 줘."

"16번요."

"야, 커피."

휘청거리며 자리로 가서 몸을 파묻었다. 커피를 홀짝이며 게임을 하다가 코인 대화방에서 뭐 하나 기웃거렸다. 한 두엇이 떠들고 있었다. 앞으로 안 오르면 어떡하죠? 어이, 재수 없는 소리 하지 마. 올라, 오른다고. 발악하듯 한 놈이 떠들었다. 존버. 그 방도 뒤숭숭했다. 같이 떠들 기분이 안 들어서 그냥 게임만 했다. 또 새벽까지 줄창 게임을 했다. 설핏 잠이 들었다가 깨어나 피시방을 나왔다. 숙취에 머리가 깨지게 아팠다. 전봇대 옆에서 바지를 내리고 오줌을 갈겼다. 편의점에서 소주와 라면을 사서 고시원의 계단을 밟았다.

다음 날 늘어지게 자는데 누가 방문을 두드렸다. 매트리스에서 한껏 기지개를 켰다. 모처럼 알람소리도 안 들려 몸이 노곤노곤할 때까지 잤다. 담배나 필까 해서 추리닝의 주머니에 손을 집어넣는데 또다시 쾅쾅 문을 두드렸다.

"뭐?"

"아, 일어나요. 일어나."

총무 녀석의 목소리였다. 불도 붙이지도 않았는데 저 새끼는 벌써부터 지랄이네.

"아, 왜?"

"잠깐 나와봐요. 나와봐."

총무 녀석이 또다시 문을 쾅쾅 두드렸다. 귀찮아 죽겠네. 썩을 놈. 몸을 굴려 매트리스에서 내려와 문을 열었다.

"아, 뭐?"

손잡이를 붙잡고 빼꼼 고개를 내밀었다.

"어제 옆방 들어갔었어요? 혹시."

"아, 안 들어갔어. 왜?"

"CCTV보니까 아저씨가 방에 들어가던데, 옆방 들어갔죠?"

"몰라. 오다가 문이 열려져 있으니까 들어갔겠지. 왜?"

"아, 핸드폰 없어져서 그래요. 잠깐 나와봐요."

총무가 손으로 문을 잡으려고 해서 얼른 손잡이를 잡아당겼다.

"문 안 잠근 놈이 문제지 왜 나한테 그래?"

"아, 알았으니까 일단 문 한 번 열어봐요."

"왜?"

"혹시나 안에 뭐 있나 보게요."

문을 조금 열었더니 총무가 그 사이로 고개를 집어넣으려고 했다. 그때 눈에 책상에 놓인 반찬통이 들어왔다. 아, 씨발. 저게 왜 여깄지? 어제 옆방에서 무심코 집어 온 것 같았다. 얼른 손잡이를 잡아당겨 문을 꽝하고 닫았다.

"나, 아냐. 안 가져갔다고."

"아, 알았으니까 일단 문 한 번 열어봐요."

"싫어."

"아저씨, 문 안 열면 내가 열고 들어가요."

"문 열기만 해봐. 확 다 불 싸질러 버릴 거니까."

추리닝의 담배를 꺼내 입에 물었다. 책상 위에 굴러다니는 라이터로 담배에 불을 붙였다. 그리곤 문 쪽으로 연기를 후 하고 뱉었다.

"아저씨, 안에서 담배 펴?"

"가."

소리를 빽 하고 질렀다.

"아저씨, 문 열어요."

"문 열기만 하면 확 다 싸질러 버린다."

뒷걸음질로 가서 휴지를 손에 집어 들었다. 그때 바깥에서 문을 여는지 열쇠가 달그락거리는 소리가 났다. 하 이 새끼 봐라. 식식거리며 라이터로 휴지에 불을 붙였다. 순간 불꽃이 화르륵 일어났다. 손이 뜨거워서 휴지를 집어 던지는데 그때 문의 손잡이가 돌아가며 열렸다. 불붙은 휴지가 날아가자 문 앞에 있던 사람들이 놀라 뒤로 물러났다.

"어, 뭐야."

"뭐야."

복도에 사람들이 버글거리고 있었다. 옆방 놈도 보이고 온 고시원의 인간들이 몰려온 것 같았다. 총무 녀석이 얼이 빠져 어쩔 줄 몰라 하는 사이 재빨리 문에 꽂힌 열쇠를 빼서 안에서 잠가버렸다. 다시 총무가 거세게 문을 두드렸다.

"아저씨, 문 열어. 열쇠 내놔."

"나 아니라고. 가라고. 확 다 불 싸질러 버리기 전에."

고래고래 소리를 질렀다. 총무가 쾅쾅 문을 두드렸다.

"열어. 안 열면 부수고 들어가."

총무가 악에 받쳐 소리를 질렀다.

"부수기만 해봐. 확 다 싸질러 버린다."

휴지에 불을 붙여 문 쪽을 향해 집어 던졌다.

"야, 내가 불 못 지를 줄 알아!"

기세등등하게 소리쳤다. 책상 위의 쓰레기와 전단지, 이불을 모두 문 앞에 집어 던지고 전단지에 불을 붙였다. 불은 금세 이불과 문으로 옮겨붙었다. 밖에서 사람들의 비명소리가 들렸다.

"아니 지금 뭐 하는 거야? 아저씨, 진짜 불낸 거야?"

총무가 소리를 질렀다.

"씨바, 내가 지금 장난치는 줄 알아."

"문 안 열어? 빨리 열어."

총무가 발로 문을 쿵쿵 찼다. 밖에서 고함소리가 나고 복도를 달리는 소리도 들렸다. 웅성거리는 소리가 더 커졌다. 이불을 타고 올라간 불은 문을 활활 태우고 있다. 그걸 보며 매트리스에 주저앉아 담배를 피워 물었다. 후 하고 연기를 뱉으며 라이터를 불 속을 향해 집어 던졌다. 펑 하는 소리가 나며 불꽃이 튀었다. 킬킬거리며 책상 위의 소주병을 입에 대고 남은 소주를 들이켰다.

"잘 탄다."

활활 타는 불꽃을 보며 키들거렸다.

"다 싸질러 버린다니까 내가 못할 줄 알았어."

또 소주를 들이켰다.

"그니까 그냥 가면 되지. 왜 문 연다고 난리야. 내가
불 지른다고 했지. 네가 문 연다고 해서 불 질렀어. 그
래. 어디 한번 좆 돼봐."

다 마신 소주병을 불 속에 던졌다. 그새 불은 문 옆
벽으로 번져가고 있다.

"그냥 가라니까 안 가고 지랄이더니 왜 사람 불내게
만들어. 어? 씨발 놈, 너 한번 좆 돼봐."

매트리스에 벌렁 누워 담배연기를 뿜었다. 활활 타
는 불꽃에 문틀이 쩌억 하고 갈라지는 소리가 났다.

▼

용산역

화장실 문을 흔들어봤다. 문은 잠겨 있다. 필통 안에는 주사기와 유리 앰플, 작은 줄칼과 고무줄이 들어 있다. 주사기를 꺼내 들었다. 가느다란 주사기 안에 하얀 가루가 들어 있다. 주사기를 내려놓고 줄칼과 앰플을 들었다. 줄칼로 앰플의 모가지를 가는데 손이 떨려서 잘되지 않았다. 앰플을 내려놓고 소주를 깠다. 두 병을 마시고 나니 기분도 좋아지고 손도 떨리지 않았다.

증류수를 주사기에 빨아 넣고는 흔들었다. 약이 녹아 들어가며 뿌연 게 사라졌다. 오랜만에 하는 거니까 제대로 해야 했다. 팔을 걷어 올리고 고무줄을 묶었다. 핏줄이 올라오지 않아 손으로 때렸다. 몇 번을 하고 나서야 겨우 핏줄이 올라왔다.

주삿바늘이 자꾸 빗나갔다. 한 병만 마실 걸 너무

마셨는지 바늘이 들어가질 않았다. 엉뚱한 데만 찔러서 피가 났다. 머리를 흔들고는 다시 천천히 바늘을 찔러 넣었다. 이번에는 바늘이 제대로 들어갔다. 약이 바늘을 타고 핏속으로 뿜어져 들어갔다.

주사기를 뽑아서 쓰레기통에 던졌다. 주사 자국에서 피가 흘러나왔다. 손가락으로 누르고는 문질러댔다. 약기운이 퍼져나가기 시작했다. 턱이 덜덜거리고 떨리기 시작했다. 떨림이 턱에서 온몸으로 번져나갔다. 오랜만에 해서인지 약이 너무 세서인지 모르겠지만 떨림이 멈춰지지가 않았다. 중심을 잃고 바닥에 나동그라졌다. 정신이 아득하게 멀어졌다.

시끄러운 소리에 잠을 깼다. 꿈이었네. 하지만 너무 선명해서 나도 모르게 팔을 쓰다듬었다. 머리가 지끈거리는 게 욕이 나왔다. 몸을 웅크리고 다시 잠을 청했다. 열차가 들어오는지 천장에서 시끄러운 벨소리가 나오고 있다. 게슴츠레하게 뜬 눈에 왔다 갔다 하는 사람들이 보였다.

누군가 다리를 툭툭 찼다. 귀찮게 건드리는 사람이라야 뻔했다. 몸을 움츠리며 모른 척했다. 몇 번을 더

건드리더니 조용해졌다. 저벅저벅 멀어져 가는 발소리가 났다. 잠에 막 빠지려는데 또 흔들어댔다. 아까 그놈들이 벌써 한 바퀴를 돌고 왔는지 다시 잠들려는 걸 흔들어서 깨웠다. 머리가 지끈거리며 아팠다.

"아저씨. 아저씨. 여기서 자면 안 돼요. 일어나요. 아저씨."

공익 놈 둘이서 하나는 어깨를 잡아 흔들고 나머지는 발을 툭툭 찼다. 싸가지 없는 놈들이 그냥 잠 좀 자게 내버려두지 꼭 깨워서 내보냈다. 옷을 말아 쥐고 버텨도 어디로 갈 생각도 하지 않고 계속해서 흔들어댔다. 할 수 없이 머리를 내밀고 일어나 앉았다. 발을 차던 놈이 손에 든 몽둥이로 밀어댔다. 일어나서 걸어가는데도 새끼가 짜증 나게 밀어댔다.

비틀거리며 화장실로 발걸음을 옮겼다. 머리에 물이라도 뒤집어쓰면 지끈거리는 게 덜해질 것 같았다. 지나쳐 가는 사람들이 힐끔거리면서 쳐다봤다. 지들은 평생 그렇게 폼 잡고 살 수 있을 거라고 생각하는지 가소로웠다. 저런 꼴같잖은 것들을 보면 욕밖에 안 나온다. 나도 한때는 잘 나갔다. 큰 가게에서 사장님 소리도 원 없이 들어봤다. 그랬는데, 쉬는 날 아는 놈 따라 정선에 놀러 갔다가 이 꼴이 났다. 잠깐 논다는 것이 하루가 이틀이 되고 한 달이 석 달이 되던 어느 날 가게를 팔아치우고 거기 눌러앉았다. 그날 이후로 마누라도 애새끼들도 본 적이 없다.

마주 오던 여자들이 흠칫거리며 멀리 피해 갔다. 웃기지도 않았다. 남은 쳐다도 안 보는데 같잖은 것들이 지랄을 한다. 화장실로 들어가다가 나오던 사람과 부딪혔다. 나이도 어린 노무 새끼가 눈을 부라렸다. 눈깔을 확 파내 버리려고 손가락을 곧추세우니까 잽싸게 도망을 쳤다. 거기 서라고 소리를 질렀더니 죽어라 내달렸다.

세면대로 가서 꼭지를 틀고 머리를 처박았다. 머리 옆으로 물이 흘러내렸다. 옆을 돌아보니 달랑거리는 비누가 보였다. 오랜만에 세수나 하려고 비누를 잡아뺐다. 세면대에 머리를 대고 비누로 문질렀다. 땟물이 줄줄 흘러내렸다. 비누를 던지고 손으로 얼굴을 문질렀다. 비눗물이 눈으로 흘러들었다. 머리를 흔들어 비눗물을 털어냈다. 손으로 물을 받아 눈에 묻은 비눗물을 닦아내었다.

고개를 들자 물에 빠진 생쥐 꼴이었다. 머리를 쥐어

짜고 옷으로 얼굴을 닦았다. 뒤에서 인간들이 구시렁 대면서 지나갔다. 목이 말랐다. 수도꼭지에 입을 대고 물을 마셨다. 머리 아픈 게 조금은 덜해졌다. 화장실을 나와 지하철역을 나섰다.

역에 걸린 시계가 8시를 가리키고 있었다. 시간이 되면 어련히 알아서 일어나서 나갈 건데 씨발 놈들이 꼭두새벽부터 깨우고 지랄이었다. 밖으로 나오자 햇빛이 눈을 찔렀다. 얼굴을 찡그리고 비틀거리며 거리를 내려갔다. 저 앞에 있는 가게에서 주인이 나와 셔터를 올리고 있었다.

"소주… 줘요. 소주."

셔터를 올리고 난 주인이 힐끔 돌아봤다. 인상은 더러워도 돈만 주면 술을 줬다.

"몇 병?"

주머니를 뒤져서 돈을 꺼냈다. 동전이 몇 개에 오천 원짜리가 하나 있었다.

"다섯… 병."

주인은 소주 다섯 병을 비닐봉지에 담아 줬다. 한 병을 따서 그 자리에서 병나발을 불었다. 머리 아픈 게 싹 사라지고 기분이 좋았다. 빈 병을 가게 앞의 박

스에 넣고 주인을 향해 웃어줬다. 주인이 과자 한 봉
지를 내밀었다. 과자를 받아 봉지에 집어넣었다. 비틀
거리며 거리를 내려갔다.

  공원 벤치에 앉아서 남은 소주를 깠다. 과자도 꺼내
먹었다. 멀거니 앞을 보았다. 지금이 몇 월인지 무슨
계절인지 기억이 나지 않았다. 소주가 전부 바닥났다.
빈 병을 거꾸로 들고 탈탈 털었다. 아쉬워서 입맛을
다셨다. 한 병만 더 마셨으면 딱 좋을 것 같았다. 올라
가서 사 오려니까 귀찮았다. 벤치로 햇볕이 따뜻하게
비쳤다.

  식판에 퍼준 밥을 들고 건물 옆에 자리를 잡았다.
국물을 떠 넣어도 입이 깔깔해 무슨 맛인지 알 수가
없었다. 밥알이 모래알처럼 서걱거렸다. 식당 앞에는
늦게 온 놈들이 길게 줄을 서 있었다. 나오는 사람이
없나 입구를 살핀 후 옷 속에 감춰둔 소주를 밥에 말
았다. 한 숟갈 뜨자 혀끝에 소주 맛이 싸리하게 퍼져
나갔다. 그제야 입맛이 돌았다. 식판을 딸딸 긁어 먹
었다. 그릇에 남은 소주는 다 핥아먹었다. 옆에서 밥
을 먹던 놈이 쳐다보았다.

"형씨, 같이 좀 먹읍시다."

병에 남은 걸 달라는 소리였다. 흥. 웃기고 있네. 너 주려고 남긴 게 아니었다. 대꾸도 안 하고 병나발을 불었다. 탈탈 털어 마시고는 병을 던졌다. 옆에 놈이 뛰어가서 병을 줍더니 핥았다. 담배를 피워 물었다. 배부르고 머리는 알딸딸하고 담배까지 무니 아쉬운 것이 없었다. 벽에 기대어 눈을 감았다. 손이 툭 하고 떨어지는 바람에 눈을 떴다. 잠깐 존 것 같았다. 밥을 먹던 다른 놈들은 보이지 않았다. 손에 들고 있던 담배가 없어졌다. 주머니도 비어 있었다.

아까 옆에서 깐죽대던 새끼가 고새 빼 간 게 틀림없었다. 지밖에 모르는 저런 새끼들은 어딜 가나 꼭 있다. 도박에 미쳐 정선에 붙어 있을 때 저런 놈들한테 숱하게 뜯겼다. 마지막 땡전 한 푼까지 쪽쪽 빨아먹었다.

골목을 나서자 햇볕이 따가웠다. 눈이 침침해서 잘 보이지가 않았다. 담배가 땡겨 바닥을 두리번거렸다. 꽁초가 떨어져 있어 재빨리 물고 불을 붙였다. 몇 모금 빨자 살 것 같았다. 필터까지 타들어 간 꽁초를 버리고 다시 두리번거렸다. 옆구리가 터진 꽁초를 주워 들고는 식식거렸다. 싸가지 없는 새끼들은 장초를 버리면서도 꼭 발로 짓이긴다. 이렇게 터진 꽁초는 못 피운다. 지밖에 모르는 새끼들이 쌔고 쌨다. 버릴 때 불붙은 부분만 비벼 끄면 알아서 잘 필 건데 꼭 발로 뭉개버린다. 중간에 침 뱉어 끄는 새끼들도 마찬가지다. 남 못 피게 하려면 지가 다 피든지. 돈 아까운 줄 모르는 그런 새끼들은 고생을 해봐야 한다.

한참을 내려오자 가게가 나왔다. 주머니를 뒤져봐도 동전 몇 개밖에 없었다. 할 수 없이 가게 옆 빈자리에 손을 내밀고 엎드렸다. 햇볕을 쪼이자 등이 따듯해졌다. 살살 졸음이 왔다. 손바닥에 뭐가 떨어졌다. 고개를 들어 보자 백 원짜리 동전 두 개였다. 한 개는 주머니에 넣고 나머지는 그냥 뒀다.

등허리가 서늘해졌다. 고개를 슬쩍 들어 보니 앞에 여자가 서서 가방을 뒤지고 있었다. 치마 입은 여자들은 머리를 들면 기겁을 했다. 일부러 모른 척 고개를 숙였다. 여자가 손에 지폐를 놓고 갔다. 천 원짜리를 재빨리 주머니에 집어넣었다.

대충 한 시간 엎어져 있었나? 비몽사몽 있다 보니 어느새 지폐하고 동전이 쥐어져 있었다. 애새끼들 장난인지 병뚜껑이 손에 놓여 있었다. 싸가지 없는 새끼들. 그런 새끼들은 부모가 어떻게 가르쳤는지 싹수가 노랬다.

담배 한 갑 버는 데 한 시간이 걸렸다. 어떻게 힘든 사람 도울 생각도 안 하고 지들 생각만 하는지 한심했다. 담배를 사서 허겁지겁 빨았다. 힘껏 빨아들이자 담배가 타들어 가는 소리가 '짜지직' 하고 났다. 기분이 째졌다. 하늘이 어둑해지려고 했다. 슬슬 자리를 맡아야지 그렇지 않으면 좋은 자리를 잡지 못한다.

화장실에서 오줌 싸고 나오다가 이씨 여자를 만났다. 여자들은 도대체 뭘 그렇게 챙겨 다니는지 보따리 하나를 질질 끌고 화장실에서 기어 나왔다. 여자에게 다가가서 보따리를 잡아끌었다. 이씨 여자가 보따리를 잡은 손을 할퀴었다. 이게 지난번에 보고도 벌써 까먹었다. 지 것 훔치는 줄 알고는 악착같이 달려들었다.

"씨발. 안 가져가."

따귀를 몇 대 갈긴 후 발로 차고 쥐어박자 그제야 조용해졌다. 지나가던 사람들이 흠칫거리면서 돌아봤다.

"뭘 봐. 씨발 놈들아."

눈을 부라리자 새끼들이 후다닥 도망을 갔다. 이씨
년은 앉아서 겁에 질려 쳐다봤다. 보따리를 빼앗아 장
애인 화장실에 던져버렸다. 여자가 슬금슬금 화장실
안으로 들어갔다. 뒤를 따라 들어가서 문을 잠가버렸
다. 하도 시끄럽게 굴어서 여자 얼굴을 보따리에 처박
고 했다. 한판 끝내고 늘어진 여자를 변기 옆으로 밀
어젖혔다. 여자는 가랑이를 벌리고 바닥에 널브러졌
다. 보따리를 뒤져봐도 쓰레기만 나왔다. 이런 걸 뭐
하러 끌고 다니는지 이해가 되지 않았다. 널브러진 여
자 위에 보따리를 집어 던졌다.

계단을 올라가 역 밖으로 나갔다. 불이 다 꺼져서
길거리가 껌껌했다. 여자 때문에 하마터면 중요한 걸
까먹을 뻔했다. 가게에는 불이 환하게 켜져 있었다.

"소주… 여섯, 아니… 일곱… 병 줘… 요."

주인이 손을 내밀었다. 돈을 주려고 주머니를 뒤졌
다. 아까는 분명 있었는데 주머니에 돈이 없었다. 한참
을 뒤적거리자 천 원짜리가 딸려 나왔다. 세어보자 전
부 열 장이었다. 가게 주인은 돈을 세어보고는 소주와

과자를 봉지에 담아 줬다. 거스름돈은 주지 않았다. 대신 과자를 주었다.

봉지를 들고 비틀거리며 역으로 들어섰다. 빨리 자리를 잡아야 술을 마실 수 있었다. 먼저 술을 마시면 자리를 잡지 못했다. 아무 데나 구겨져서 자다간 아침에 제일 먼저 쫓겨났다. 자고 나서도 여기저기가 배겨서 짜증이 났다.

아직 시간도 되기 전인데 자판기 옆 구석에 어떤 놈이 널브러져 있었다. 처음 보는 놈이었다. 이 자리에서 자는 건 나하고 조가 놈 둘밖에 없었다. 조가 놈하고는 몇 번 붙어도 결판이 안 났다. 그래서 먼저 오는 놈이 잤다. 딴 놈이 자고 있으면 두들겨 패서 내쫓았다. 그건 조가 놈도 마찬가지였다.

놈은 몸을 벽 쪽으로 돌리고는 웅크리고 있었다. 등짝을 힘껏 발로 찼다. 놈은 꿈쩍도 하지 않았다. 빨리 술을 마시고 싶어서 입안이 바짝바짝 탔다. 연달아 두 방을 발로 찼다. 자는 놈은 자리를 뺏기지 않으려고 계속 몸을 웅크리고 있었다. 욕이 나왔다.

다리를 밟고 뒤통수를 발로 차도 놈은 꿈쩍도 하지 않았다. 약이 바짝 올랐다. 놈을 차고 때리고 하는 걸 보고 사람들이 웅성거렸다. 손에 든 비닐봉지가 무거웠다. 소주를 보니까 목이 타들었다. 자리를 잡고서 마셔야 했지만 참지 못하고 한 병을 까서 단숨에 들이켰다.

빈 병으로 놈의 머리통을 후려갈겼다. 소주병이 산산이 부서져서 튀었다. 그래도 놈은 움직이지 않았다. 봉지에서 다른 병을 꺼내서 머리를 후려갈겼다. 병이 깨지면서 소주가 사방으로 튀었다. 놈이 덮어쓴 모자가 술에 젖었다. 깨진 병으로 후벼도 놈은 그냥 누워 있었다. 정말 독종이었다. 오기가 났다.

주머니를 뒤져서 라이터를 끄집어냈다. 지가 뜨거우면 움직이지 않곤 못 배길 것이다. 모자에다가 불을 붙였다. '픽' 하고 소리가 나더니 모자에서 갑자기 불길이 치솟았다. 놀란 사람들의 비명이 사방을 울렸다. 놈은 모자에 불이 붙어도 일어나지 않았다.

불을 끄려고 모자를 발로 밟았다. 호루라기 소리가 나더니 역무원들이 달려왔다. 한 놈은 소화기를 들고 뛰어오고 있었다. 손짓으로 놈을 가리켰다. 뛰어온 놈 세 놈이 갑자기 달려들어 넘어졌다. 등에 올라타더니 팔을 뒤로 꺾었다. 소화기를 든 놈은 모자에 붙은 불을 끄고 있었다.

　팔을 꺾어 잡은 놈이 억지로 일으켜 세우더니 끌고 갔다. 나머지 팔로 소주가 들어 있는 봉지를 잡으려고 했는데 다른 놈이 그 팔도 뒤로 꺾어버렸다. 소주병들이 봉지 위로 머리를 내밀고 있었다. 입에 침이 고였다.

　"저… 기, 소주가. 소주…."

　"입 닥쳐."

　양쪽에서 팔을 꺾어 잡은 남자들에게 끌려갔다. 개찰구를 나오자 경찰관들이 뛰어왔다. 경찰관 한 명이 뒤로 오더니 꺾인 양 손목에 수갑을 채웠다. 다른 경찰은 남자들과 같이 역 안으로 뛰어 들어갔다. 경찰이 밀어서 역 밖으로 나왔다. 출구 옆에 경찰차가 서 있었다. 경찰은 뒷문을 열고서는 억지로 밀어 넣었다. 문을 닫은 경찰은 다시 역으로 뛰어갔다.

　갑자기 차가 움직여서 잠에서 깨었다. 앞에 앉은 경찰 둘이 시끄럽게 떠들고 있었다. 사람이 자고 있는데 운전 좀 살살 하지 어찌나 거칠게 하는지 잠이 달아나버렸다. 소주 생각이 나서 미칠 것 같았다. 백미러로 경찰이 쏘아봤다.

"미친놈 아냐? 사람에게 불을 붙이고. 도대체 저런 놈들을 왜 놔두는지. 다 잡아 처넣으면 문제가 확 줄어들 건데."

"누가 아니라나. 그러고 싶은 마음은 굴뚝같은데 그랬다가는 인권단체다 뭐다 시끄럽게 하니까 못 하는 거지. 저런 놈들이 불내서 사람 죽으면 그때는 또 치안 부재니 업무 태만이니 떠들어대잖아. 우리만 밥이지 뭐. 넌 뭘 봐. 눈 안 깔아!"

무슨 일인지 묻지도 못하고 유치장에 처박혔다. 끌고 오더라도 물건이라도 들고 오게 해주지. 끌려오는 바람에 아까 산 소주와 과자가 그대로 역에 버려졌다. 어떤 놈인지 오늘 재수 봉 잡았다. 아까 그냥 다 먹을 걸 하는 생각이 들어 아쉬웠다. 자리 잡고 나서 먹고 자려고 했는데 괜한 놈 때문에 한 병밖에 못 마신 걸 생각하니까 입안이 바짝 말랐다. 불을 붙여도 일어나지 않는 놈은 처음이었다.

구석에 자리를 잡고 웅크리고 앉았다. 옆에 있던 놈이 인상을 쓰더니 코를 싸잡고 자리를 옮겼다. 팔을 들어 냄새를 맡아봤다. 별 냄새도 안 나는데 유난을 떨었다. 앉아 있다가 졸려서 옆으로 누워 잠이 들었다.

뭐가 머리를 쿡쿡 찔러서 잠에서 깨었다. 아직 쫓아
낼 시간이 되려면 멀었는데 벌써부터 어떤 놈인지 지
랄을 했다. 손을 휘저어 치우려니까 머리맡에서 소리
를 빽 질러댔다.

"야! 일어나! 여기가 여관인 줄 알아! 빨리 안 일어
나!"

어떤 놈이 발까지 툭툭 차대었다. 눈을 게슴츠레하
게 뜨자 쇠창살이 보였다. 그제야 유치장에 들어온 기
억이 났다. 발치에 선 경찰이 경찰봉으로 머리를 쿡쿡
찌르면서 발로 차고 있었다. 수갑을 채우고는 유치장
밖으로 끌어냈다.

"따라와."

경찰관을 따라가서 책상 앞에 앉았다. 경찰이 컴퓨
터를 보며 물었다.

"이름."

이름이 뭐였더라. 이름을 말해본 지가 까마득했다.

"김… 장… 순… 데요."

"나이."

귀찮게 계속 물어볼 거 같아서 주머니를 뒤적거렸

다. 경찰은 몇 번 "나이" 하고 소리를 지르더니 컴퓨터 너머로 쏘아봤다. 한참을 뒤지자 주머니에서 주민등록증이 나왔다. 경찰에게 주민등록증을 줬다. 주민등록증을 받아 든 경찰이 흘겨보더니 컴퓨터를 두드렸다.

"죽은 사람은 언제 발견했어?"

"누… 가… 죽어… 요."

경찰이 짜증스런 눈으로 쳐다봤다.

"아까 네가 불붙인 사람 말이야. 죽은 사람에게 불은 왜 붙이나. 언제 발견했어?"

"아까… 들어… 가서… 요."

"아까 언제."

"아… 까… 가게… 에서… 나… 와서… 바로….'

"가게에서 나온 시간은."

"몰… 라요."

"불은 왜 붙였어?"

"자리… 내자… 리… 를… 뺏고… 있… 어서."

"자리 뺏겼다고 불붙이냐?"

"그… 냥… 겁만… 주려… 고… 했… 는데."

"하여간 방화에다가 사체 훼손이니까 그렇게 알아.

여기 밑에 이름 써."

경찰은 한심하게 쳐다보면서 종이 한 장을 내밀었
다. 글씨가 빼곡히 찍혀 있는데 뭐가 뭔지 보이지 않
았다. 경찰이 손가락으로 찌르는 부분에 이름을 썼다.
손이 떨려서 글자가 삐뚤거렸다.

한 이틀 유치장에 있다가 경찰들 손에 끌려 나갔다.
버스에 태우고는 어디론가 데려갔다. 버스가 건물 안
으로 들어가 멈췄다. 사람들이 올라와서 버스에서 끌
어 내렸다. 방으로 끌고 들어가더니 옷을 벗겼다. 한
명은 호스로 물을 뿌려대고 다른 한 명은 대걸레에
비누를 묻혀 문질러댔다. 마구 문질러대는 통에 눈을
뜰 수가 없었다. 코고 입이고 거품이 묻어 숨도 제대
로 쉴 수 없었다. 나가려고 하자 대걸레가 뒤로 밀어
붙였다. 미끄러져 바닥에 넘어져도 대걸레가 계속 밀
어댔다.

한참을 그러다가 물줄기가 사라졌다. 호스가 수건
을 던졌다. 물기를 닦고 나가자 대걸레가 다가와서 머
리와 몸에 뭘 뿌려댔다. 호스가 수건을 뺏더니 밖으로
끌고 나갔다. 던져준 옷을 입고 담요를 든 채 끌려갔
다. 다른 사람들이 있는 방으로 밀려 들어갔다. 그제

야 교도소에 왔다는 걸 알았다.

　용산역에서 열차를 내렸다. 해가 하늘 중간에 떠 있었다. 광장을 가로질러 길을 건넜다. 편의점으로 들어갔다. 해는 아직도 하늘 중간에 걸려 있었다. 소주 다섯 병과 담배 세 갑을 사서 나왔다. 돈이 남아서 마른오징어도 하나 샀다. 한강 둔치 쪽으로 발을 옮겼다.
　불을 붙여도 꿈쩍도 안 한 놈은 벌써 죽어 있었다. 자세한 건 얘기를 안 해줬는데 아침부터 쓰러져 있었다고 했다. 방화와 사체 훼손으로 1년 반을 받았다. 들어와서 보름 만에 술을 못 마셔 난동을 피웠다가 육 개월이 늘었다. 이 년 만에야 밖으로 나왔다. 들어올 때 입었던 옷은 더러워서 태웠다고 했다. 교도관이 사 온 면바지와 티, 잠바를 걸쳤다. 입던 옷에서 나온 거라며 꼬깃꼬깃한 돈뭉치도 같이 줬다. 50만 원이 넘었다.
　횡단 보도를 건너려는데 트럭이 지나가며 빵빵거렸다. 요새 운전하는 애들은 싸가지가 없었다. 사람이 건너가면 기다렸다가 가야지 그거 먼저 가봐야 얼마나 빨리 간다고 빽 하면 크락숀을 눌러댔다.

인도를 따라 내려가는데 천 쪼가리만 걸친 계집애들이 길거리에서 춤을 추고 있었다. 생긴 것들도 반반하고 해서 앞에 쪼그리고 앉아서 구경을 했다. 계집애들이 인상을 쓰고 궁시렁거리더니 음악이 끝나자 건물 안으로 들어가 버렸다. 쪼그리고 앉아 있었더니 다리가 저렸다. 계집애들은 건물 안에서 힐끔거리고 내다봤다. 볼 것도 없고 해서 한강 쪽으로 내려갔다. 둔치 공원에 도착해서 강가 시멘트 위에 자리를 잡았다. 사가지고 온 소주를 꺼내서 쭉 들이켰다. 차가운 소주가 넘어가면서 목구멍에 싸리한 기운이 감돌았다. 숨도 쉬지 않고 한 병을 다 마셨다. 갑자기 차가운 게 들어가선지 뒷골이 깨질 듯이 아팠다.

아까 그 트럭이 귀에 대고 크락숀을 빵빵대는 것 같았다. 쓸데없이 소주를 냉장고 안에 넣어서 사람 머리 아프게 만들고, 장사하는 사람들은 생각을 하고 사는지 짜증이 났다. 담배를 피우자 머리 아픈 게 덜해졌다. 간만에 피는 담배라서 머리가 핑하고 돌았다. 귀에서 울리던 소리도 없어졌다.

서늘한 기운이 돌아서 눈을 떴다. 오랜만에 마신 술이라 속이 뒤집혔다. 몸을 숙이고 구역질을 했다. 멀

건 물만 올라왔다. 소매로 입가를 닦고 일어섰다. 중심을 못 잡고 넘어졌다가 다시 일어섰다. 물을 마시고 싶었다.

잔디밭 쪽으로 가서 물을 찾았다. 한참을 헤매고서야 수도꼭지가 보였다. 수도꼭지를 틀자 물이 쏟아졌다. 꼭지에 입을 대고 물을 들이켰다. 쿨룩하고 기침이 나오면서 물이 도로 뿜어져 나왔다.

구역질이 올라왔다. 물이 올라오면서 코로 들어가 눈물이 났다. 금방 마신 물이 도로 다 올라왔다. 더 나올 게 없는데도 구역질이 멈춰지지 않았다. 신물이 올라오고 속이 쥐어짜는 것처럼 뒤집혔다.

물을 마시고 계속 구역질을 하느라 녹초가 되었다. 멀리 가게 불빛이 보였다. 다리를 질질 끌고서 가게로 다가갔다. 주머니를 뒤지는데 아무것도 없었다. 씨발. 잠든 사이에 어떤 새끼가 주머니를 뒤져서 싹싹 다 긁어갔다. 가게 주인에게 사정해서 있는 돈을 다 주고 소주 한 병을 받았다. 술이 들어가니까 속 뒤집어지는 게 덜했다. 바람이 서늘했다. 소주병을 안주머니에 넣고 걸음을 옮겼다. 가다가 재떨이를 뒤져서 꽁초 다섯 개를 주웠다. 어떤 놈이 반도 안 피우고 버렸네. 돈 아까운 줄 모르는 놈이었다.

아파트 단지에서 길을 잃어버렸다. 오줌이 마려워서 들어왔는데 나가는 길을 찾을 수가 없었다. 돌아다니다가 놀이터가 나왔다. 화장실로 보이는 건물에 불이 켜져 있었다. 아파트 입구 옆에 박스들이 쌓여 있었다. 쓸 만한 박스 몇 개를 끌고 화장실 뒤로 돌아갔다. 빛이 들지 않는 구석에다가 박스들을 펼치고 기어 들어갔다. 바람을 막으니까 그런대로 따뜻했다. 안주머니에서 소주를 꺼내 남은 걸 다 마셨다. 눈꺼풀이 무겁게 내려앉았다.

뭐가 계속 머리를 찌르는 바람에 잠에서 깨었다. 아파트 경비들이 모여 서 있었다.

"이봐. 여기 당신 자는 데 아니니까 빨리 일어나. 경찰 불러서 쫓아내기 전에 빨리 안 일어나."

햇살이 너무 세서 눈을 뜰 수가 없었다. 경비들이 빗자루로 찔러댔다.

"다 늙은 우리도 이러고 있는데 사지 멀쩡한 놈이 일은 안 하고 술이나 처 마시고 이런데 퍼질러 자고 있으니. 에이. 쯧쯧."

일어서려고 해도 박스가 걸려 일어설 수가 없었다.

경비 둘이 다가와서 팔을 잡고 일으켰다. 박스가 발에 걸려 다시 나동그라졌다. 엉금엉금 기어서 박스를 빠져나왔다. 빗자루를 들고 있던 경비가 또 쿡쿡 찔러댔다.

"빨리 나가. 경찰 부르기 전에. 다음에 또 보이면 가만 안 둘 거니까 얼쩡거리지 마."

경비대장인지 말하는 게 싸가지가 없었다. 눈을 부라리고 봐도 계속 빗자루로 찔러댔다. 두어 걸음 그놈에게 다가가자 화들짝 놀라며 다른 경비 뒤로 도망쳤다. 별거 아닌 것들이 숫자만 믿고 까불었다. 조금만 겁을 줘도 도망가는 것들이 설치는 걸 보면 우스웠다. 경비에게 다가가서 손을 내밀었다. 겁먹은 얼굴의 영감이 눈동자만 굴렸다.

"돈."

경비는 뒤에 붙어 선 경비대장을 돌아봤다. 다른 경비가 대장 옆구리를 찔렀다. 대장이 구시렁거리며 지갑을 꺼내서는 천 원짜리 한 장을 줬다.

"더… 줘."

이번에도 옆에 선 경비가 옆구리를 찔러서야 겨우천 원짜리 한 장을 더 줬다. 이것들이 누굴 거지로 아

나. 억지로 잠을 깨우고는 겨우 이천 원으로 때우려 하고 있었다.

천 원짜리 두 장을 집어넣고 손을 계속 내밀었다. 경비 영감들이 대장 옆에 몰려서서 수군거렸다. 대장이 얼굴을 구기며 오천 원짜리를 꺼내었다. 주기 싫어서 부들거리는 손에서 뺏어 쥐고는 걸음을 옮겼다.

경비들이 뒤를 졸졸 따라왔다. 단지를 벗어나는 길이 어딘지 몰랐다. 갈림길에서 방향을 틀면 따라오는 경비들이 소리를 질렀다. 안쪽으로 방향을 잡으면 난리를 피웠다. 다 늙은 영감들이라 겁은 많아가지고 멀찍이 떨어져서 소리만 질러댔다. 대장 놈이 제일 뒤에서 깩깩거렸다.

아파트 단지 입구에 상가가 있었다. 슈퍼에 들어가서 소주 네 병하고 담배를 샀다. 네 병 가지고는 모자라서 슈퍼 밖을 봤는데 경비들은 다 도망가고 없었다. 비닐 봉투를 들고서 아파트 단지를 벗어났다. 담배를 물고서 불을 붙였다. 재수 없는 도둑 새끼가 담배까지 다 긁어갔다.

감방에서 나온 첫날치고 재수가 더러웠다. 어떤 놈이 등쳐먹지를 않나 자다가 다 털리지를 않나 정말 지랄 맞은 하루였다. 전에는 아무 데서나 드러누워서 자도 털어 가는 놈이 없었는데, 역시 너무 깔끔하니까 안 좋은 일이 생겼다.

지나가는 것들이 힐끔거리면서 쏘아봤다. 여자는 할망구까지 전부 멀찍이 떨어져서 피했다. 하는 짓거리들이 가소로웠다. 쫓아가면 도망도 못 갈 것들이 티만 팍팍 내었다. 술맛 떨어지는 것들밖에 없었다.

뒤에서 차가 빵빵거렸다. 시커먼 차에 탄 놈이 계속 빵빵거렸다. 시끄러워 손으로 귀를 막았다. 그러다 소주를 쏟았다. 씨발 놈이 시끄럽게 하는 바람에 금방 딴 소주를 흘려버렸다. 남은 병을 들이마시곤 차 앞으로 걸음을 옮겼다. 운전하던 놈이 허둥거리더니 차를 뒤로 뺐다. 병을 집어 던졌는데 길옆으로 날아갔다.

도망가던 차는 다른 차가 들어오는 바람에 길이 막혀서 섰다. 골목으로 들어선 차가 빵빵거렸다. 저 새끼 때문에 아까운 소주 반병이 없어졌다. 차 앞으로 다가서자 운전하는 놈이 질린 얼굴로 쳐다봤다. 옆으로 돌아가 운전석 유리창을 두들겼다. 갑자기 차가 앞으로 움직이더니 쏜살같이 도망쳤다. 뒤따르던 차들도 재빨리 지나쳐 갔다.

돈 줄 때까지 가로막고 있어야 하는 건데 오랜만이다 보니까 깜박깜박했다. 길 중간에 쏟아진 소주가 스며들어 생긴 얼룩이 남아 있었다. 아까운 술을 생각하니 뚜껑이 열렸다. 술병을 입에 물고 길을 내려갔다.

술병을 들었던 손이 비어 있었다. 금방 한 병을 꺼내 물었던 거 같은데 아무것도 없었다. 술병이 어디 갔나 두리번거렸다. 바닥에 떨어져서 깨진 소주병이 보였다. 이게 언제 떨어졌는지 생각이 안 났다.

쪼그려 앉아서 유리 조각에 고여 있는 걸 마시고 혀로 핥았다. 비닐봉지 안에 한 병이 남아 있었다. 술병을 들고 걸음을 옮겼다. 길을 따라 내려갔다. 골목 끝에 도로가 있었다. 지나가면서 술을 마셨다. 소주병은 너무 작아서 금방 바닥이 났다. 병을 거꾸로 들고 탈탈 털었다. 뭐가 시끄럽게 빵빵거렸다. 누가 소리를 질러댔다. 소리가 나는 곳을 보니까 차 유리창 너머로 머리를 내민 놈이 빽빽거렸다. 뭐라고 하는지 잘 들리지가 않았다. 손을 휘저어 가면서 뭐라고 열심히 떠들어댔다.

나무 그늘 아래 놓인 벤치에서 늘어지게 자고 일어나니까 어둑어둑해졌다. 주머니에 손을 넣어보자 돈이 그대로 있었다. 재수 없는 건 첫날로 끝이 났다. 돈 안 벌어도 며칠은 충분히 지낼 수 있었다. 아침에 마신 술이 깨려는지 머리가 지끈거렸다. 공원에서 나와 가게를 찾아갔다.

인상은 더러워도 가게 주인은 장사를 할 줄 알았다. 손님에게 필요한 것만 물어보고 나머지는 알아서 했다. 장사를 하려면 이렇게 해야 했다. 그래서 가게 주인은 몇 년이 되어도 항상 그 자리에서 장사를 했다. 만 원짜리 한 장을 주고 소주 여섯 병과 과자를 받았다.

역으로 가기에는 시간이 어중간했지만 그냥 들어갔다. 공원까지 갔다 오는 게 귀찮았다. 역 안을 돌아봐도 공익들이 보이지 않았다. 공익만 안 보이면 귀찮게 할 놈들이 없었다. 얼쩡거리며 돌아다니는 놈들이 한두 놈 있었다. 자판기 뒤에 끼어 있는 박스를 꺼내서 펴고 안으로 들어갔다.

기분 좋게 뒤로 기대어 있는데 어떤 놈이 박스를 발로 차서 찌그러뜨렸다. 귀찮아서 그냥 앉아 있으니까 옆으로 돌아가면서 발로 찼다. 옆구리를 차이고서야 일어났다. 이상하게 생긴 놈이 뭐라고 소리를 질러대었다. 놈의 뒤에는 열댓 살 정도 되어 보이는 계집아이가 주춤거리고 서 있었다.

앞에 선 놈은 손가락질을 하면서 시끄럽게 떠들어댔다. 지 자리라고 비키라고 하는 것 같은데 더러운 새끼가 침까지 튀기고 지랄이었다. 상대하기 귀찮아서 꺼지라고 손을 내저었다. 놈이 갑자기 가슴을 손으로 밀었다. 벽에 뒤통수를 박았다.

뒷골이 띵해서 머리를 감싸고 주저앉았다. 놈이 옆에 서서 계속 시끄럽게 떠들어댔다. 눈앞에 굴러다니는 소주병이 보였다. 병을 집어 들고는 놈의 얼굴을 그대로 후려갈겼다. 아무것도 아닌 새끼들이 앵앵거리면서 시끄러웠다. 뭔가를 하려면 그냥 하면 되지 아무것도 하지 않고 떠들기만 했다.

이놈도 한방 후려갈기자 코피를 쏟으며 주춤거리며 뒷걸음질을 쳤다. 박스 밖으로 쫓아 나가다 발이 걸려 넘어졌다. 쓰러지면서 소주병이 박살이 났다. 손에 남은 병 모가지만 들고 놈에게 다가갔다. 놈은 기겁을 하고는 코피를 질질 흘리면서 도망을 쳤다. 도망가는 놈의 뒤에다가 병 모가지를 집어 던졌다. 승강장에 선 사람들이 비명을 질렀다.

박스에서 봉지를 꺼내 들고 화장실로 갔다. 좀 있으면 역무원이 몰려와서 귀찮게 할 게 뻔했다. 세면기에 봉지를 얹어놓고 손을 씻었다. 물이 닿자 손바닥이 쓰라렸다. 손을 들어 보니까 병 조각이 박혀 피가 났다.

유리 조각을 뽑아내고는 물로 손을 씻었다. 화장실로 들어가서 변기 뚜껑 위에 걸터앉아 문을 잠가버렸다. 봉지를 안고서 벽에 기대어 졸았다. 한참이 지나서야 화장실에서 나와 승강장으로 내려갔다. 역무원들이 왔다 갔는지 박스하고 깨진 병 조각들이 보이지 않았다. 바닥의 핏자국도 지워져 있었다. 승강장에서 지하철을 기다리는 사람도 별로 없었다.

여기저기에 다른 놈들이 자리를 잡고 있었다. 혼자서 박스를 세 개나 깔고 앉은 싸가지 없는 놈에게서 박스를 뺏어 왔다. 안 뺏기려고 일어서는 놈을 몇 번 밟아줬다. 두 개면 충분한데 그것도 안 뺏기려고 맞는 놈이 바보 같았다.

자판기 옆에 웅크리고 있는 놈에게 발길질을 해서 내쫓았다. 박스를 둘러치고는 기대앉아서 술병을 땄다. 시원하게 한 병을 나발 불었다. 속이 싸르르한 이 맛은 역시 소주가 제일이었다. 한참 나발을 부는데 누가 빤히 쳐다보고 있었다.

아까 놈의 뒤에 주춤거리고 있던 계집아이가 앞에 서서 쳐다보고 있었다. 눈을 부라리자 움찔거리고 뒷걸음질을 쳤다가 다시 슬금거리고 다가왔다. 과자봉지를 하나 꺼내자 아이가 눈을 반짝였다. 과자를 던져주자 받아 들더니 봉지를 잡아 뜯고 정신없이 집어 먹었다. 먹다가 목이 메는지 끅끅거리며 가슴을 쳤다.

아이가 손을 내밀고는 주춤거리며 다가섰다. 눈을 부라려도 고개를 숙이고는 손을 내밀고 있었다. 소주병을 흔들어 보이자 후다닥 달려들었다. 나이도 어린게 병에 입을 대고 벌컥벌컥 들이켰다.

대여섯 모금을 마시고서 아이는 술병에서 입을 떼었다. 정신없이 들이켜더니 눈이 풀려서 해롱거렸다. 얼굴도 벌겋게 달아올랐다. 아이는 봉지에 남아 있는 과자를 보고는 입맛을 다셨다. 가까이서 보니까 그런대로 귀엽게 생겼다.

"일루… 들… 어 와."

아이는 눈치를 보더니 박스 안으로 들어왔다. 과자를 건네주자 아이는 쪼그려 앉아서 정신없이 입에 집어넣고 게걸스럽게 먹었다. 중간에 과자가 떨어지자

제가 알아서 봉지에서 꺼내 먹었다. 아이는 갈증이 나는지 소주 한 병을 다 비우고는 옆에 쓰러져 잠이 들었다.

아이는 다음 날도 따라다녔다. 화장실에서 세수를 하고 나오니까 밖에서 기다리고 있었다. 가게 주인에게 만 원짜리 한 장과 천 원짜리 다섯 장을 줬다. 주인은 아이를 힐끔 쳐다보더니 천 원짜리를 들어 보였다. 역시 눈치가 빨라서 좋았다. 웃으며 끄덕거리자 주인은 봉지 두 개에 나눠 담았다. 주인이 소주를 들어 보이자 아이가 씩 웃었다. 주인에게서 봉지 두 개를 받아서 적은 걸 아이에게 줬다.

날씨가 꾸물거리는 게 비가 올 거 같았다. 좀 전에 공익들에게 쫓겨난 역으로는 돌아갈 수가 없었다. 어디 고가나 다리 밑을 찾아야 했다. 비를 피할 곳을 찾아 휘적거리고 걸어갔다. 아이는 벌써 과자 하나를 뜯어서 먹고 있었다. 한 손으로 봉지와 과자를 끌어안고는 따라오고 있었다.

전에는 있었던 거 같은데 고가가 보이지 않았다. 길을 잘못 든 거 같기도 하고 짜증이 났다. 여기 어디에 고가가 있었던 거 같은데 아무리 돌아봐도 보이지 않았다. 사거리에서 어디로 갈지 생각을 하고 있었다. 신호가 대여섯 번 바뀌는 동안 어디로 갈지 정하지를 못해서 가만히 서 있었다.

멍하니 거리를 보고 있는데 누가 옆에서 팔을 잡아당겼다. 아이가 주춤거리면서 손가락으로 한쪽을 가리켰다. 턱짓을 하자 아이가 앞장을 섰다. 아이가 앞서 간 곳은 커다란 상가 건물이었다. 가게들이 늘어서 있는 곳을 지나 아이는 건물의 주차장 쪽으로 올라갔다.

일 층과는 달리 건물의 삼사 층은 수리를 하는지 다 부서져 있었다. 들어선 가게도 없고 사람들도 없었다. 철거 작업만 끝나고 공사는 아직 시작을 안 한 것 같았다. 아이는 거리낌 없이 건물 안으로 들어섰다. 건물 안은 조명도 다 떼어내서 대낮인데도 컴컴했다. 창가는 그런대로 빛이 들었지만 안쪽은 어두워서 뭐가 있는지 보이지 않았다.

깨진 유리들이 널려 있어서 걸을 때마다 버석거리며 밟혔다. 컴컴한 게 눈에 익으니까 주위가 어렴풋하게 보였다. 기둥에 기대앉아 있는 놈들이 보였다. 아이가 판때기를 잡고 끙끙거렸다. 판때기를 같이 끌어당겨 기둥 옆에 자리를 잡았다.

어려 보이는 모습과는 달리 아이는 자리를 깔고 앉자마자 봉지에서 소주병을 꺼내 마셨다. 과자를 먹으며 술을 마시는 게 한두 번 해본 게 아니었다. 가져온 것들을 먹어치우고 아이를 끌어안고 잠이 들었다. 품에 안은 아이에게서 따뜻한 온기가 느껴졌다.

물이 콧속으로 들어가는 바람에 재채기가 나서 잠에서 깼다. 대여섯 놈이 주위를 둘러싸고 있었고 한 놈이 앞에서 고추를 덜렁거리고 있었다. 고추에서는 오줌이 질질 흐르고 있었다. 오줌을 싸고 있는 놈 뒤로 어제 두들겨 팬 놈이 보였다. 놈은 누런 이빨을 드러내고 웃고 있었다. 아이는 놈의 옆에 가 있었다.

아무런 말도 설명도 없었다. 깨자마자 놈들이 한꺼번에 달려들어 두들겨 팼다. 어제 맞은 놈이 복수를 하려고 패거리를 끌고 왔다. 놈은 아이가 어디로 갈지 뻔히 알고 있었던 것 같았다. 머리를 감싸안고 몸을 둥글게 말았다. 한참 발길질을 당하다가 정신을 잃었다.

온몸의 구석구석에서 아프다고 비명을 질러댔다. 얼마나 두들겨 패놨는지 안 아픈 곳이 없었다. 눈을 뜨고 주위를 두리번거렸다. 놈들은 전부 사라지고 없었다. 혹시 어디서 보고 있을까 봐 한참을 가만히 있었다. 웅크렸던 몸을 슬며시 펴도 다가오는 놈들은 없었다.

엉금엉금 기어서 기둥에 기대앉았다. 몸에서 지린 내가 진동을 했다. 기대앉아서 팔다리를 움직여 봤다. 부러진 데는 없는 거 같은데 움직일 때마다 온몸이 욱신거렸다. 더러운 놈이 혼자서는 안 될 거 같으니까 치사하게 패거리를 끌고 와서 복수를 했다. 아이도 냉큼 놈을 따라가 버렸다.

주머니를 뒤적거려도 아무것도 나오지 않았다. 봉지도 어디로 갔는지 사라져 버렸다. 저쪽 기둥에 기대 있던 놈이 어슬렁거리고 다가왔다. 옆에 앉은 놈이 담배 한 개비를 꺼내서 건네줬다. 불도 붙여줬다. 저도 같이 한 대 피워 물었다.

"형씨는 몰랐던 모양인데. 여기서는 그 패거리를 건드리면 안 돼. 그 두목 놈은 깜방에도 몇 번을 갔다 온 놈이유. 앞으로 조심하슈."

저 할 말만 하고는 휘적거리며 건물 안쪽으로 사라졌다. 재를 떨려고 담배를 물었던 입을 떼자 입술이

따가웠다. 담배 필터에 피가 묻어 있었다. 손으로 만지자 터진 입술에서 피가 묻어 나왔다. 침을 뱉고는 성한 입술로 담배를 물었다. 밖에는 비가 내리고 있었다.

몸에서 나는 지린내를 없애려고 건물 밖으로 기어나갔다. 날도 덥고 목도 말랐다. 엉금엉금 기어 빗속에 드러누웠다. 부슬부슬 내리는 비는 시원하게 씻어내리지 못했다. 입을 벌리고 있어도 몇 방울 감질나게 떨어졌다. 드러누운 등이 빗물에 젖어들었다.

며칠이 지나서야 겨우 건물에서 나올 수가 있었다. 정신을 잃고 빗속에 누워 있다가 감기가 들어버렸다. 열이 오르고 오한이 나서 꼼짝도 할 수가 없었다. 어떻게 들어갔는지 모르지만 정신이 들어보니 건물 안 구석에 웅크리고 있었다. 벽에 기대 일어서려고 해도 다리에 힘이 없어서 픽픽 쓰러졌다.

어떻게든 나가서 뭐라도 먹어야 했다. 옷을 뒤지다가 꼬깃꼬깃한 종이 하나가 떨어졌다. 퍼런색인 게 돈 같았다. 집으려고 숙이는데 바람이 불어서 돈이 굴러갔다. 벽에서 떨어져 걸음을 옮기다가 그대로 넘어졌다. 바닥에 엎어지면서 턱을 찧어버렸다. 다리만 아니라 팔에도 힘이 하나도 없었다.

바람에 돈이 데굴데굴 굴러갔다. 팔을 뻗어도 닿지 않았다. 팔꿈치로 기어서 돈을 쫓아갔다. 간신히 나무 쪼가리에 걸려 있던 돈을 잡아서 펼쳤다. 접혀 있던 걸 펴보니 천 원짜리였다. 주머니에 쑤셔 넣고는 이를 악물고 일어섰다. 돈을 보자 힘이 났다.

가게로 가서 천 원짜리를 내밀었다. 주인이 쳐다봤다. 소주를 달라고 말을 하려고 해도 입안이 바짝 타서 말이 안 나왔다. 입만 벙긋거리는데 주인이 알아보고 소주를 한 병 줬다. 말도 안 했는데 작은 과자를 하나 같이 내밀었다. 그래도 챙겨주는 건 단골 가게밖에 없었다.

바람이 불자 주인이 인상을 찌푸리더니 코를 싸잡고 뒤로 물러섰다. 과자를 던지고는 가라고 손을 내저었다. 주려면 곱게 줄 거지 냄새 좀 난다고 집어 던지고 하는 싸가지가 평생 가게 주인밖에 못할 놈이었다.

박스가 갑자기 벗겨지더니 양팔이 잡아당겨졌다. 공익 둘이 양쪽에서 팔을 잡고서는 끌고 갔다. 품에 안고 있던 봉투에서 술병과 과자들이 쏟아졌다. 뒤에 남은 공익이 떨어진 것들을 주워서 봉투에 도로 담았다. 갑작스레 당한 일이라 뿌리치려고 해도 몸이 말을 듣지 않았다. 계단으로 끌려 올라가다 신발이 벗겨졌다. 발뒤꿈치가 계단 모서리에 부딪혀 까졌다. 개찰구까지 끌려가서 내동댕이쳐졌다. 뒤따라온 놈이 봉투와 신발을 던졌다.

신발을 주워 신었다. 출근하는 사람들이 바쁘게 지나다녔다. 빠른 걸음으로 옆을 지나치면서 눈을 흘겼다. 엉거주춤 일어서서 봉투를 집어 들었다. 바닥에 침을 뱉고 돌아섰다. 시계가 8시 반을 가리키고 있었다.

아직도 봉투 안에 제법 되는 소주와 과자들이 남아 있었다. 갑자기 잡아당기는 바람에 떨어뜨려서 금이 간 소주병이 있었지만 깨지지는 않았다. 금이 간 병을 따서 마셔버렸다. 잘못해서 깨지면 그냥 날아가는 게 아까웠다. 정신없이 끌려 나와서 정신이 몽롱했다. 오랜만이라 길도 가물거렸다. 내키는 대로 그냥 걸어갔다.

사람이 적은 길로 가다 보니 막다른 골목이 나왔다. 구석에 적당한 그늘이 있어서 자리를 잡았다. 소주 한 병을 안주머니에 넣고 나머지는 마셔버렸다. 그늘에 있으니 몸이 으슬거렸다. 햇볕이 비치는 구석으로 자리를 옮겼다. 따뜻하게 몸이 데워지면서 기분이 좋아졌다. 나른하게 졸음이 쏟아졌다. 구석 자리에 기대어 잠이 들었다.

자다가 더워서 잠에서 깨었다. 쨍쨍하게 내리쬐는 햇볕을 그대로 받고 자고 있었다. 더워서 목덜미로 땀이 흘러내렸다. 가랑이와 겨드랑이도 끈적거렸다. 자리에서 일어나 역으로 걸어갔다. 도로로 지나가는 차들이 시끄러운 소음을 내었다.

역을 드나드는 계단 중간에 엎드려 있는데 누가 발로 툭툭 찼다. 고개를 들어보니 패거리 중 하나였다. 얼굴을 알아보고는 씩 웃었다. 앞니가 하나도 남아 있지 않았다. 녀석이 땟국물이 전 손을 내밀었다.

"내놔."

무슨 소린지 금세 알아차렸다. 누가 구걸을 하든지 상관없이 삥을 뜯어갔다. 주머니에 손을 넣어 잡히는 대로 꺼냈다. 녀석이 가만히 노려보았다. 고개를 숙이고 눈길을 피하자 머리를 쿡쿡 찔렀다. 하는 수 없이

주머니에 있는 걸 다 꺼냈다. 주머니를 까뒤집어 보이
자 겨우 믿는 눈치였다. 녀석은 동전은 놔두고 지폐만
다 긁어갔다. 몇 시간 동안 엎어져서 번 게 다 날아갔
다. 앞으로는 중간중간에 숨겨야 했다.

생각대로 저녁에 한 번 더 삥을 뜯어갔다. 자리를 뺏
으려는 놈이 하나 있었지만 버티고 있으니까 딴 데로
갔다. 가기 전에 옆구리를 후려 찼다. 전에 맞은 자리
라 배로 아팠다. 그래도 보람이 있어서 만 원 정도는
숨겨놓을 수 있었다.

가게로 다가가자 주인이 인상을 찡그렸다. 그때야
아픈 다음이었지만 보자마자 인상부터 찡그리는 게
손님을 대하는 게 돼먹지가 않았다. 주머니에서 돈을
꺼내서 세었다. 만 원을 챙겨서 주인에게 건네줬다. 냄
새가 안 나는지 주인은 찡그렸던 인상을 폈다. 그래도
더러운 인상이 어디 가지는 않았다.

"여섯 병?"

그대로 할까 하다가 고개를 저었다. 먹는 게 중요했
다. 먹고 기운을 차려야 했다. 오른손을 쫙 펴 보였다.
주인이 머리를 갸우뚱하더니 소주 다섯 병과 과자들
을 담았다. 주인에게 손짓해서 라면도 두 개 담았다.

역으로 들어갈까 하다가 공원으로 걸음을 옮겼다. 물건을 들고 가다가 패거리들에게 걸리면 다 뺏길 판이었다. 다른 데서 먹고 역으로 가야 했다.

건물 주차장 구석진 자리에 앉아서 라면을 뜯어 먹었다. 스프를 소주에 타서 생라면과 같이 먹었다. 적당히 같이 입에 넣고 씹으니까 먹을 만했다. 라면과 과자를 다 먹고서 자리에서 일어났다. 두 병 남은 소주는 안주머니에 넣었다.

역으로 들어가자 웬만한 자리는 다 차 있었다. 바람이 들이치는 자리들만 비어 있었다. 아무 데나 자리를 잡고 누웠다. 안주머니에 넣어둔 소주병이 걸리적거렸다. 밑에 깔린 놈을 꺼내서 마시고는 병을 집어 던졌다. 옷깃을 여미자 술기운이 올라왔다.

한동안 챙겨 먹었더니 몸이 많이 좋아졌다. 패거리들에게 하루에도 몇 번씩 삥을 뜯겼지만 조금씩 돈이 모였다. 처음에 아이를 데리고 다니던 놈에게 몇 번인가 돈이 적다고 두들겨 맞았다. 맞으면서도 악착같이 돈을 내놓지 않았다. 몇 번 당하고 나니까 대충 놈들이 원하는 액수를 알 수 있었다. 적당히 내놓으면 맞지 않고 넘어갔다.

놈들은 밤이면 몰려 앉아서 술을 마시면서 시끄럽게 떠들었다. 아이도 놈들과 같이 몰려다녔다. 자려고 하는데 끙끙대는 놈들의 소리가 역 안을 울렸다. 그럴 때면 자다가 깨서 꿈틀거리는 놈들도 있었다. 아침에 보면 아이를 안고 자는 놈이 날마다 바뀌었다. 대장인 놈이 제일 많이 끼고 잤다.

길거리에 플라스틱 통들을 늘어놓고 잡다한 것들을 팔고 있었다. 통에 들어 있는 것들 중에는 과일 깎는 칼도 있었다. 통 앞에 쭈그리고 앉아서 칼을 꺼내 봤다. 손바닥보다 작은 얇은 칼날이 달려 있었다. 패거리가 생각나서 하나 살까 했는데 칼이 너무 약해 보였다. 괜히 설치다가 잘못해서 손이라도 베면 안 되었다.
칼을 내려놓고 옆에 있는 드라이버를 들었다. 손잡이에 빨간 고무가 칠해진 게 잡기가 편했다. 어느새 다가온 주인이 날을 빼서 돌려 끼울 수 있다면서 보여 줬다. 이런 것도 힘을 받지 못했다. 드라이버 통에는 투명한 플라스틱 손잡이가 달린 놈이 있었다. 날 길이는 먼저 것보다 더 길었다. 대충 한 뼘이 넘어 보였다. 그놈으로 두 개를 골라 들었다.

안주머니에 드라이버들을 집어넣고는 공원으로 갔다. 한 놈을 꺼내서 나무에다 찍어봤다. 날이 없어서 살짝 찍히기만 했다. 인적이 뜸한 곳에서 콘크리트에 날을 갈았다. 일어나면 드라이버 날을 갈고 졸리면 잤다. 밥 얻어먹을 때와 저녁에 구걸할 때를 빼고는 드라이버를 갈았다.

역으로 들어가기 전에는 안주머니에 잘 챙겨 넣고 꺼내지 않았다. 날을 갈다가도 사람 기척이 느껴지면 재빨리 숨겼다. 며칠이 지나자 날이 제법 날카로워졌다. 갈려진 날이 얇게 반짝였다. 얼마나 날카로운지 만져보다가 손가락을 베었다. 병신같이 꼭 만져봐야지 아나 싶어 성질이 났다.

나무에다 찍어봤더니 전보다는 훨씬 깊게 들어갔다. 몇 번 찍다 보니 날이 무뎌졌다. 한두 번만 찍어도 되는 걸 몇 번을 찍다가 날만 작살났다. 다시 콘크리트에다 갈아서 날을 세우는 데 하루가 꼬박 걸렸다. 잘 갈아진 두 개의 드라이버 날이 반짝거렸다.

구걸을 하기 전에 안주머니에 드라이버를 챙겨 넣었다. 삥을 뜯으러 오는 놈들은 날마다 바뀌었다. 가끔이기는 했지만 대장이 오는 날도 있었다. 대장이 오는

날에는 다른 날보다 더 많이 뜯겼다. 안 내놓으면 내
놓을 때까지 발길질을 했다. 미리 내놔도 두들겨 맞기
는 마찬가지였다.

대장만 조지고 나면 나머지 놈들은 떨거지들이었
다. 전에 조진 놈도 얼굴에 한 대 얻어맞고는 도망갔
다. 나머지들도 그놈과 별반 다를 게 없었다. 저번에
맞을 때도 대장 놈은 떠들지 않고 두들겨 패기만 했
다. 삥을 뜯으러 와서도 똑같았다.

다른 놈들은 삥을 뜯으러 와서도 시끄럽게 떠들었
다. '더 내놔라', '이게 다냐', '뒤져서 나오면 맞는다'
그런 소리들만 떠들고는 적당히 집어 주면 받아 들고
갔다. 대장 놈은 말 한마디 없었다. 발로 차서 내놓는
돈이 마음에 들지 않으면 그냥 후려 차고 밟았다.

때리다 기분이 풀리거나 맞으면서 내놓는 돈이 마
음에 들면 때리지 않았다. 시끄러운 놈들은 다 껍데기
들이었다. 정말 무서운 놈은 아무 소리도 내지 않는
놈이었다. 대장 놈이 그런 놈이었다.

생각보다 빨리 기회가 왔다. 잘 갈아진 드라이버를
품고 기다린 지 3일 만에 두목이 삥을 뜯으러 왔다.

슬며시 머리를 들어 툭툭 차는 발을 보니까 대장 놈의 신발이 보였다. 위를 올려다보니까 대장 놈이 싱글거리면서 쳐다봤다. 앞에 쭈그리고 앉더니 손을 내밀었다.

침이 꿀꺽 넘어갔다. 미적거리다가는 도로 놈에게 당할 수 있다. 단번에 해치워야 한다. 오른손을 안주머니에 넣으면서 주춤거리며 몸을 일으켰다. 드라이버를 끄집어내서는 바로 대장의 허벅지에다가 내리꽂았다. 예상하지 못한 습격에 놈의 눈이 크게 떠졌다. 쩍 벌어진 대장 놈의 입에서 새된 소리가 터져 나왔다.

재빨리 다른 드라이버를 꺼내서 대장 놈에게 달려들었다. 눈을 찍으려고 했는데 얼굴을 옆으로 돌려 피하는 바람에 드라이버는 귀를 스치고 빗나가 버렸다. 몸을 돌려 피하는 놈의 뒤에다가 드라이버를 내리찍었다. '컥' 하는 소리가 놈의 입에서 새어 나왔다.

등에 꽂힌 드라이버를 빼려고 팔을 휘적거리는 놈을 발로 밀어 계단으로 떨어뜨렸다. 아래로 굴러떨어진 놈이 바닥에 드러누워서 버둥거렸다. 계단을 뛰어내려서 놈의 머리통을 발로 후려 찼다. 머리가 옆으로 돌아가면서 우두둑하는 소리가 났다.

여자들이 지르는 비명 소리가 역 안을 쩌렁쩌렁 울렸다. 하여간 힘도 없는 것들이 시끄럽기는 무지하게 시끄러웠다. 사람들이 몰려오기 전에 빨리 도망쳐야 한다. 역을 나가는 계단은 사람들로 막혀 있었다. 개찰구를 넘어서 승강장으로 뛰어 내려갔다. 다리가 휘청하면서 그대로 선로로 미끄러졌다. 몸이 떨어지는 순간 눈앞으로 열차의 불빛이 번쩍였다. 사람들의 비명 소리가 지하철 승강장을 울렸다. 열차가 급정거하는 쇳소리가 나며 몸을 들이받았다. 아픔을 느낄 새도 없이 몸에서 쿨럭쿨럭 피가 뿜어져 나왔다. 바닥을 흥건하게 적셨다. 사람들의 비명 소리, 고함치는 소리, 발소리, 웅성거리는 소리가 서서히 멀어져 갔다.

▼

우리는 은행을 털었다

"과자값이 너무 올랐어."

"용돈은 그대론데."

"경제가 어렵다잖아."

동네 친구인 은수와 준호, 정우는 어린이집이 끝나고, 여느 때와 같이 놀이터에 모여 있었다. 늘 하던 대로 과자를 돌려 먹으며 바닥에서 놀았다. 얼마 먹지도 않은 것 같은데 과자는 금세 떨어졌다. 셋이 팔짱을 끼고 과자 봉지를 내려다보며 한숨을 푹푹 쉬었다.

"과대포장도 문제야."

"작년엔 한 봉지로 충분했는데."

준호가 빈 과자 봉지를 입에 대고 탈탈 털었다.

"이러니 수입 과자가 늘어나지."

정우가 아는 체하며 어깨를 쓱 올렸다. 과자 봉지를 털고 있던 준호가 무슨 소리야 하며 돌아보고, 은수도 쳐다보았다.

"수입 과자?"

은수가 되물었다.

"그게 뭐야?"

준호 역시 궁금한 눈치였다.

"나도 모르지."

모르는 게 당연하다는 표정으로 정우가 고개를 흔들었다.

"근데 수입 과자라는 건 어떻게 알아?"

"어떻게 알아?"

"우리 엄마가 그랬어."

정우가 눈을 똥그랗게 뜨고 말했다.

"수입 과자?"

"그게 뭐지?"

"찾아보자."

정우가 핸드폰을 꺼내 들고 수입 과자를 찾기 시작했다.

"다른 나라에서 만든 과자라는데?"

정우의 말에 은수가 고개를 갸우뚱했다.

"다른 나라가 뭐야?"

"다른 동넨가?"

"나는 모르지."

셋이 정우의 핸드폰 화면을 뚫어지게 쳐다보았다.

"우리 동네에서 다른 나라 본 사람?"

"못 봤는데."

"그럼 수입 과자는 우리 동네에 없겠네?"

빈 봉지를 뚫어지게 쳐다보고 있던 은수가 비장한 얼굴로 고개를 들었다.

"대책이 필요해."

"용돈이 너무 적어."

"협상이 필요한 상황이지."

셋이 입을 꾹 다물고 서로의 얼굴을 쳐다보았다. 이 윽고 은수가 말했다.

"엄마랑 협상해 본 적 있어?"

"죽으려고."

"난 맞았어."

정우가 얼굴을 찡그리며 뒤통수를 만졌다. 은수가 그런 둘을 번갈아 보며 낮은 소리로 속삭였다.

"엄마 지갑을 털자."

"죽으려고."

"나 맞았다니까."

정우가 짜증 난 목소리로 외쳤다.

"그럼 아빠 지갑?"

"너 아빠 본 적 있어?"

"아빠가 누구였더라?"

준호가 옆을 보자 정우가 핸드폰으로 뭔가를 찾아
보며 중얼거렸다.

"뭔가 대책이 필요해."

"맞아, 대책."

"용돈 대책."

핸드폰으로 이리저리 뭘 찾아보던 정우가 갑자기
생각난 듯 손뼉을 치며 말했다.

"우리 은행 털까?"

"은행?"

"그게 뭔데?"

은수와 준호가 고개를 갸우뚱했다.

"영화에서 보면 사람들이 돈 없으면 은행을 털어."

"정말?"

"정말?"

"봐봐."

정우가 은수와 준호에게 핸드폰으로 은행 터는 영화를 찾아 보여주었다.

"은행이 뭐지?"

"거기 돈 많아?"

"영화에서 보면 돈 엄청 많아."

정우가 눈을 동그랗게 뜨고 두 팔로 원을 크게 그렸다.

"정말 많아?"

"얼마나 많은데?"

"무지하게 많아."

정우가 두 팔을 쫙 펴고 눈을 동그랗게 뜬 채 고개를 끄덕였다.

"은행 털면 과자 마음대로 사 먹을 수 있겠네."

"아이스크림도."

"난 초콜릿."

생각만 해도 입에 침이 고였다. 셋은 입에 고인 침을 꿀꺽 삼켰다.

"은행 어떻게 털어?"

"맞아. 어떻게 해?"

"영화 보면 다 나와."

정우가 다시 은행을 터는 영화를 보여주었다.

"근데 이 사람들 총 들고 있잖아."

"우리 총 없는데."

"장난감 총으로도 돼."

정우가 핸드폰으로 다른 영화를 찾아 보여줬다.

"봐, 여기."

"어디?"

"어디?"

영화에서는 어떤 아저씨가 장난감 총을 들고 은행
으로 뛰어들었다. 그러자 안에 있던 사람들이 바닥에
납작 엎드렸다. 얼굴도 못 들고 벌벌 떨었다.

"맞지? 장난감 총."

"어, 저건 내 거랑 같은 거다."

"내 거랑 달라."

장난감 총을 보며 셋이 동시에 소리쳤다. 은수가
영화를 골똘히 보더니 결심한 듯 고개를 끄덕이며 말
했다.

"은행을 털자."

"과자를 위해."

"거봐. 은행이 최고라니까."

정우가 으쓱하며 어깨를 들썩거렸다. 은수가 준호와 정우를 둘러보며 말했다.

"계획이 필요해."

"준비물도 있어야 되고."

"일단 장난감 총은 있고…."

정우가 핸드폰으로 은행 터는 영화를 보며 중얼거렸다. 은수와 준호도 옆에 바짝 붙어서 열심히 영화를 봤다.

"은행 털면서 가면 쓰네? 너 가면 있어?"

"아니, 없어."

"나도 없어."

은수가 실망한 표정을 지었다.

"은행 털려면 가면이 있어야 되는데."

"가면 없으면 은행 못 털어?"

준호가 실망스러운 표정으로 되물었다.

"아니, 마스크 써도 돼."

정우의 말에 은수가 활짝 웃으며 말했다.

"마스크 써도 돼?"

"나 마스크 있어!"

"여기 봐. 마스크 쓰고 있잖아. 근데 마스크 쓰면 선글라스도 써야 돼.”

정우가 보여주는 영화에는 마스크와 선글라스를 쓴 사람들이 은행을 털고 있었다.

“나 선글라스 있어.”

“나도.”

“나도.”

다들 선글라스가 있다고 하자 은수가 안도의 한숨을 쉬었다.

“가면 없어 은행 못 터나 했는데 다행이다.”

“그러게 다행이다.”

“난 마스크 써도 된다는 거 전부터 알고 있었어.”

정우가 잘난 척하며 고개를 치켜들었다. 그리곤 다시 핸드폰을 보며 말했다.

“우리 가방 있어야 돼.”

“가방?”

“가방은 왜?”

궁금한 표정으로 바라보는 은수와 준호에게 정우가 핸드폰을 내밀었다.

“가방을 줘야 돈을 줘.”

정우의 핸드폰 영화에서 선글라스와 마스크를 쓴

사람이 가방을 주자, 다른 사람이 가방에 돈을 담아
주었다.

"아하, 가방을 줘야 돈을 주는구나."

"돈 받으려면 가방이 있어야 돼."

"그렇지? 내 말 맞지?"

정우가 씩 웃었다.

"나 어린이집 가방 있어."

"나도."

"나도."

다들 고개를 끄덕였다.

"근데 가방 몇 개 가져가야 돼?"

"맞아, 몇 개 가져가야 돼?"

"잠깐만, 영화 보고."

다 같이 정우의 핸드폰으로 영화를 봤다. 영화에서
사람들이 전부 가방을 하나씩 메고 있었다.

"전부 가방을 메고 있네."

"우리도 하나씩 있어야겠네?"

"셋 다 가져가자."

"그래."

은수의 말에 다 함께 고개를 끄덕였다.

"계획은?"

"뭐 해야 돼?"

"사전 답사 해야 된다는데?"

정우가 핸드폰을 보며 대답했다. 그러자 은수가 눈을 멀뚱거리며 물었다.

"사전 답사?"

"그게 뭐야?"

"터는 은행 미리 가보는 거야."

정우가 핸드폰을 흔들며 말했다.

"어떻게 왔니?"

셋이 은행으로 들어가자 경찰 옷을 입은 아줌마가 웃으면서 다가와 물었다.

"저희 은행 털…."

정우가 말하려는 순간 준호가 입을 틀어막았다.

"저희 사전 답…."

은수가 준호의 입을 막으며 말했다.

"저희 구경 왔어요."

아줌마가 방긋 웃으며 은행 안을 둘러보고는 말했다.

"그래? 잘 놀다 가렴."

"네. 감사합니다."

모두 아줌마를 향해 고개를 꾸벅했다. 뒤쪽으로 가서 셋이 나란히 의자에 걸터앉았다. 발이 바닥에 닿지 않아 대롱거렸다. 은수가 후유, 하며 가슴을 쓸어내렸다.

"들킬 뻔했다."

"역시 은수가 최고야."

"영화에는 이런 거 없었는데."

핸드폰을 들여다보며 정우가 말했다. 은수가 정우의 팔을 툭 쳤다.

"이제 뭐 해야 돼?"

"뭐 해?"

"신문지에 구멍 뚫고 보면 돼."

정우가 핸드폰으로 찾아보며 말했다.

"신문지?"

"그게 뭔데?"

"이런 거."

정우가 둘에게 핸드폰을 보여주었다. 핸드폰 화면에 어떤 남자가 커다란 종이에 뚫린 구멍으로 은행 안을 살펴보고 있었다. 모두 함께 주위를 찾아봐도 신

문이 없었다. 의자 옆 책꽂이에 무거운 책들이 한가득
있었다.

"어? 없는데."

"이거 어떻게 뚫어?"

준호가 두꺼운 책을 들고 물었다.

"어어, 있어야 되는데."

정우가 당황한 얼굴로 핸드폰을 보며 말했다. 은수
가 은행 안을 둘러보고는 걱정스러운 표정으로 준호
와 정우를 보았다.

"어떻게 하지?"

"그냥 있으면 안 돼?"

"그러자."

정우도 할 수 없다는 듯 고개를 끄덕였다. 셋은 의
자에 다리를 달랑거리며 앉아 있었다.

"근데 우리 언제 가?"

"지금 가면 안 돼?"

"가자."

셋이 발딱 일어섰다. 문 앞에 있던 경찰 옷 입은 아
줌마가 일행을 보더니 인사했다.

"벌써 가니?"

"네, 수고하세요."

은수가 예의 바르게 아줌마에게 고개를 숙였다. 은행의 계단을 내려오면서 준호와 정우를 돌아보았다.

"우리 안 들켰겠지?"

"안 들켰을 거야."

"안 들켰어."

셋은 서로를 쳐다보며 가슴을 쓸어내렸다. 놀이터에 도착하자 바닥에 철퍼덕 주저앉았다. 숨을 돌리고는 서로 머리를 맞대었다. 회의가 끝나자 손을 흔들며 헤어졌다. 은수가 저만큼 가서 뒤를 돌아보자 준호와 정우가 어린이집 가방을 흔들며 멀어지고 있었다.

다음 날 셋이 놀이터에 다시 모였다. 은행으로 출발하기 전에 준비물을 체크했다.

"총."

"여기, 마스크."

"여기, 선글라스."

"여기."

은수와 준호, 정우는 가방에서 장난감 총과 마스크, 선글라스를 하나씩 꺼내놓았다. 그리곤 준비물들을 다시 가방에 집어넣었다. 은수가 가방의 지퍼를 닫으면서 애들을 둘러보았다.

"이제부터 우리는 암호로 부른다. 나는 1호."

"나는 2호."

준호가 손을 번쩍 들었다.

"나는 3호."

정우도 앞으로 손을 들며 소리쳤다.

"각자 할 일은 알겠지? 나는 은행에 들어가면 의자에 올라가 소리친다."

은수가 말을 하고 준호를 쳐다봤다.

"나는 창구에 가방을 주고 돈을 받아 와."

준호가 두 손으로 가방을 들어 보이며 말했다.

"나는 문을 지켜."

정우가 장난감 총을 두 손에 꼭 쥐고 말했다. 은수가 준호와 정우를 보며 고개를 끄덕였다.

"2호가 돈을 받아 오면 같이 은행을 나와."

"은행을 나오면 마스크와 선글라스를 벗어."

"그리고 도망치면 돼."

"완벽해."

셋이 함께 고개를 끄덕였다. 은수가 벌떡 일어나 가

방을 둘러메고 외쳤다.

"출발!"

"근데 모자는 어떻게 해?"

"그냥 쓰고 가자."

"그래."

"그래."

은수와 준호, 정우는 어린이집 모자를 쓴 채 팔을 흔들며 씩씩하게 걸어갔다.

은행이 있는 건물에 도착하자 화장실로 들어갔다. 화장실에서 마스크와 선글라스를 썼다. 그리곤 화장실의 문을 열고 밖으로 나왔다. 셋이 은행의 문을 열어젖히고 뛰어들었다. 어제 본 경찰 옷을 입은 아줌마가 일행이 들어오는 걸 보더니 웃으며 다가왔다.

"너희들 또 왔네?"

"안녕하세요."

모두 고개를 꾸벅하고 인사했다.

"오늘은 어떻게 왔어?"

"은행 털…"

3호가 말하려는 순간 2호가 입을 틀어막았다.

"아니 그냥 놀러⋯."

2호의 입을 막고 1호가 말했다.

"창구로 가려면 어떻게 해야 돼요?"

아줌마가 어떤 기계 앞으로 가더니 번호표를 뽑아주었다. 번호표를 쥐고 셋은 의자에 나란히 걸터앉았다. 띵동, 하는 소리에 3호가 벌떡 일어섰다.

"우리 차례다."

1호가 장난감 총을 들고 의자 위로 튀어 올라갔다.

"꼼짝 마! 우린 은행강도다. 시키는 대로 하면 아무도 다치지 않는다."

1호가 총을 겨눈 채 애들에게 소리쳤다.

"2호."

2호가 응, 하더니 가방을 들고 창구로 갔다.

"3호."

"아, 맞아."

3호가 장난감 총을 들고 뛰어가 은행 문을 등지고 섰다. 2호를 돌아보니 창구에 가방을 올려놓으려고 버둥거리고 있었다. 그걸 본 창구 직원이 2호의 가방을 받아주었다.

"너희 뭐 하니?"

경찰 옷을 입은 아줌마가 어느새 옆으로 다가와 물었다.

"깜짝이야."

1호가 펄쩍 뛰며 놀랐다. 그리곤 장난감 총을 겨누며 말했다.

"저희 은행 터는 거예요."

"은행을 털어?"

"네. 은행 털어요."

"그래? 그거 힘든데."

아줌마가 빙긋 웃으며 1호를 쳐다보았다.

"힘들어요? 정말요?"

"응, 힘들어. 은행 털다가 다치기도 해."

아줌마가 눈을 동그랗게 떴다.

"네? 다쳐요?"

1호가 깜짝 놀라 소리쳤다.

"응. 아줌마같이 은행 터는 걸 막으려는 사람도 있고."

아줌마가 말하면서 허리에 찬 총을 툭툭 쳤다. 아줌마의 총이 장난감 총보다 훨씬 컸다. 1호는 저도 모르게 한 발 뒤로 물러섰다.

"저 무서워서 이러는 거 아니에요."

그때 어떤 아저씨가 문을 열고 은행으로 들어왔다. 문이 갑자기 열리는 바람에 그 앞에 서 있던 3호가 넘어졌다. 그걸 본 아저씨가 놀라 3호를 일으켜 세웠다.

"얘, 괜찮아? 안 다쳤어?"

아저씨가 일으켜 주자 3호가 비틀거리며 일어섰다.

"네, 안 다쳤어요. 감사합니다."

3호는 아저씨에게 꾸벅 고개를 숙였다.

"그렇게 문 앞에 있으면 다쳐. 저쪽 옆에 가 있으렴."

"네."

아저씨의 말에 3호는 문 옆으로 물러섰다. 그걸 보고 1호가 소리쳤다.

"야, 너 뭐 해?"

"아저씨가 들어오잖아."

3호가 어쩔 수 없다는 듯 두 손을 들어 보였다. 그때 2호가 가방을 들고 1호에게 다가왔다.

"은수야 돈 받아 왔어."

"1호라니까. 1호."

1호의 말에 2호는 아차 하며 제 머리를 쳤다.

"맞다. 1호. 1호야. 돈 받아 왔어."

2호가 가방을 들어 보였다.

"준호야. 돈 받아 왔어?"

어느새 다가온 3호가 2호에게 물었다.

"2호라니까. 2호."

1호의 말에 3호도 아차 하며 머리를 쳤다.

"맞다. 2호. 미안해 은수야. 2호야, 돈 받아 왔어?"

"응. 돈 받았어."

2호가 자랑스러운 얼굴로 가방을 들어 보였다.

"그럼 우리 뭐 해?"

2호가 1호를 쳐다보았다.

"우리… 도망쳐야 돼."

3호가 핸드폰을 보며 말했다.

"도망치자."

"그래 도망."

"가자."

1호가 의자에서 내려오자, 셋이 같이 은행을 나섰다.

"너희 가니?"

경찰 옷을 입은 아줌마가 웃으며 인사했다.

"네, 안녕히 계세요."

셋이 같이 아줌마에게 인사했다. 아줌마가 일행에게

손을 흔들었다. 은행 문을 나와 건물 모퉁이를 돌자 3
호가 불러 세웠다.

"잠깐만."

"왜?"

"우리 선글라스와 마스크 벗어야 돼."

"아, 맞다."

건물 모퉁이에 서서 차례차례 선글라스와 마스크를
벗었다. 큰길로 나와 뒤를 돌아보았다. 경찰 옷을 입
은 아줌마가 문을 열고 쳐다보고 있었다. 3호가 아줌
마를 향해 다시 꾸벅하고 인사를 했다.

"우린지 모르겠지?"

"마스크 벗었잖아."

"선글라스도."

놀이터에 도착하자 바닥에 털썩하고 주저앉았다.
가방을 가운데에 놓고 셋이 둘러앉았다.

"돈은?"

"여기."

"성공이다."

1호가 가방의 지퍼를 찌익 하고 열었다. 안에 만 원

짜리 한 장이 들어 있었다.

"이게 다야?"

"응. 은행도 돈이 없대."

2호가 어쩔 수 없다는 듯 손을 들어 보였다.

"다들 카드 쓰잖아."

3호가 고개를 끄덕이며 말했다.

"카드가 뭔데?"

"뭐지?"

"나도 몰라. 근데 다들 쓴대."

"누가?"

"엄마가."

3호가 눈을 동그랗게 뜨고 대답했다. 1호, 2호, 3호는 앞에 놓인 만 원을 골똘히 쳐다보았다.

"이제 어떡하지?"

"과자 사 먹자."

"그래, 가자."

셋이 발딱 일어나 놀이터를 떠났다.

작가의 말

장편만 출간하다가 오랜만에 단편집이 나오게 되었습니다. 쓰다 보니 장편과는 많이 다른 소재와 인물, 스토리를 가진 단편들이 모였어요. 표제작처럼 가볍고 쉽게 읽히는 작품도 있지만 무겁고 어두운 주제들을 다루는 작품들이 대부분입니다. 일부러 그렇게 하려고 한 것은 아닌데 쓰다 보니 이런 작품들이네요.

저는 단편의 소재로 강렬한 감정을 선호하는 것 같습니다. 그래서 그런 감정을 표현할 수 있는 인물과 사건으로 구성된 작품을 쓰게 되고, 그 결과 다소 무거운 작품들이 나오는 것 같아요.

제가 사실 표현하고 싶은 것은 인물의 솔직한 감정들입니다. 표제작처럼 어린애들이라면 이렇게 하지 않을까 싶을 정도로 치기 어리고 유치하고 말도 안 되는 행동을 하는 아이들의 감정부터, 여자 작가가 쓰기에 부담스러운 쌍욕이라든가 적나라한 폭력과 같은 그런 감정들까지요. 정말 비틀어진 인물의 감정까지 생생하게 표현하고 싶은 욕구가 있습니다. 그래서 어둡고 컴컴한 내면의 우물에서 유영하는 일, 단편은 제게 그런 작업 같아요.

책을 낼 때마다 다음에 또 어떤 작품들을 쓰게 될까 궁금해집니다. 장편은 여전히 빠르고 쉽게 읽히는 재미있는 작품을 쓰게 될 것 같아요. 하지만 단편은 어떤 작품이 튀어나올지 저도 예상이 안 됩니다. 어느 순간 문득 떠오르는 사건과 감정이 작품으로 나오거든요. 지금까지 쓴 작품들은 대부분 그렇게 쓰였어요. 쓰고 나서 내가 어떻게 이런 작품을 썼지, 하고 놀란 적도 많았어요. 정말 이렇게까지 표현해도 되나 하고 발표할 때 고민했던 작품들도 있었어요. 우스갯소리를 하면 제 단편집을 보고 이 작가는 깻잎 머리에 줄담배를 피고 깡소주를 마시며 피어싱하고 다닐 거라고 생각했다는 분도 있었습니다. 저는 그 얘기를 듣고 속이는 데 성공했다고 좋아했어요. 독자를 속이는 것이 작가의 즐거움 중 하나거든요. 이번 소설집으로도 많은 분들을 속였으면 좋겠습니다. 속아주세요.

이 책이 나오기까지 수고해 주신 산지니 여러분들께 감사드립니다. 그리고 이 책을 읽으실 독자분께도 감사드립니다. 이 감사한 마음을 담아 더욱 나은 작품으로 돌아오도록 노력할게요. 감사합니다.

2024년 12월
임정연

우리는 은행을 털었다

초판 1쇄 발행 2024년 12월 24일

지은이 임정연
펴낸이 강수걸
편집 이혜정 강나래 오해은 이선화 이소영 김효진 방혜빈
디자인 권문경 조은비
펴낸곳 산지니
등록 2005년 2월 7일 제333-3370000251002005000001호
주소 부산시 해운대구 수영강변대로 140 BCC 626호
전화 051-504-7070 | 팩스 051-507-7543
홈페이지 www.sanzinibook.com
전자우편 sanzini@sanzinibook.com
블로그 sanzinibook.tistory.com

ISBN 979-11-6861-402-4 03810

* 이 책은 경기도, 경기문화재단의 지원을 받아 발간되었습니다.